Vorwort des Autors

Lieber Leser:

Ich bin froh, wieder da zu sein, diese vorliegende Kurzgeschichtensammlung ist ein von spontan fertiggestelltes Projekt. Viele dieser Kurzgeschichten wurden kurz nach der Beendigung eines Romanes oder einer Novelle geschrieben. Manche dieser Geschichten sind auch durch Schreibwettbewerbe von Verlagen ins Rollen gekommen. Ich kann Ihnen sagen, es hat mir sehr viel Spaß gemacht, die einzelnen Geschichten zu schreiben.

Wobei ich sagen muss, dass es manche Geschichten nicht gegeben hätte, wenn es nicht Verlage und Schreibwettbewerbe gäbe. Grundsätzlich kann man zwischen zwei Arten von Autoren unterscheiden, die Autoren, die in erster Linie für den oder die Leser schreiben und die Autoren, die aus reinem Eigennutz schreiben, weil in Ihrem Inneren etwas ist,

was raus muss und was sie der Welt unbedingt mit-
teilen müssen, egal ob es Wert ist, das die Ge-
schichte erzählt wird oder nicht. Ich gebe offen zu,
dass ich zur zweiten Art von Autoren gehöre, wel-
che von interessanten oder beängstigenden Bildern
geplagt werden und diese einfach raus müssen und
da ich zeichnen muss ich eben erzählen. Im An-
hang werde ich Ihnen sagen wie ich auf die ein
oder andere Geschichte gekommen bin und ich
hoffe, dass Sie mich bis zur letzten Seite begleiten
werden.

Und jetzt verschließen Sie die Tür und die Fenster
und achten Sie darauf, dass alle Türen und Fenster
auch wirklich geschlossen sind. Achten Sie auch
darauf, dass sich nicht irgendetwas unter Ihrem
Bett befindet. Es gibt mehr Welten als diese, wollen
Sie andere Welten betreten, dann begleiten Sie sich
mich?

Schönen Gruß

St.L

Das Geisterschiff

Mein Name ist Adam Winkler, ich bin Meeresbiologe und befinde mich gerade zusammen mit Lea Friedrichs, Gert Hauptmann und Sybille König auf dem Polarstern. Der Polarstern ist ein Forschungsschiff. Wir erforschen die Erwärmung der Erde innerhalb der letzten zehn Jahre und die daraus resultierenden Auswirkungen auf Korallenriffe und das Leben der Tiere und Pflanzen im Indischen Ozean. Ich beobachte Lea, wie sie gerade eine Wasserprobe in ein Reagenzglas füllt. Die im Wasser enthaltenden Mikroorganismen geben uns Aufschluss über den Salz- und Mineraliengehalt des Wassers. Ich selbst überprüfe die Wasserproben während Sybille König und Gert Hauptmann unter Wasser ein paar Korallenriffe auf dem Meeresgrund untersuchen. So faszinierend die Unterwasserwelt auch ist, so gefährlich ist sie auch. Mein Blick wandert auf den Monitor. Um herauszufinden in wieweit sich die Wassertemperatur, und der Sauerstoffgehalt des Wassers verändert hat, vergleiche ich die Daten früherer Wasserproben miteinander. Mein Blick schweift vom Monitor ab, als Lea meine Kabine betritt und mir ein weiteres Dutzend Wasserproben bringt. Durch das Fenster in meiner Kabine sehe ich wie die Möwen über das Wasser gleiten, auf der Suche nach einem Leckerbissen.

„Soll ich die etwa alle noch vergleichen?", frage ich Lea und wende meinen Blick vom Fenster ab.

Lea wirft mir ein Lächeln zu, klopft mir auf die Schulter und antwortet: „Sicher, ich will ja nicht, dass du dich hier an Bord langweilst."

„Du und deine Kollegin ihr macht euch unbeliebt. Ihr Sklaventreiber", sage ich mit einem Grinsen im Gesicht.

„Was ist unser neues Ziel?" , frage ich.

„Unser Ziel sind die Bermudainseln, du weißt doch, dass wir auch vor Küste Puerto Rico und Florida Wasserproben entnehmen sollen. Außerdem werde ich dort noch einmal tauchen müssen. Damit wir weitere Vergleichsdaten haben und wir wissen wie sich der Klimawandel, auf die verschiedenen Regionen auswirkt."

Bermudainseln, das Bermudadreieck, das Wort leuchtet in roten Lettern vor meinem inneren Auge auf. Meine Hände werden schweißnass, das Herz in meiner Brust schlägt schneller. Ich kenne die Berichte von verschwundenen Schiffen und Flugzeugen in der Gegend des Teufelsdreiecks und auch wenn ich nicht abergläubisch bin, überkommt mich eine Ahnung, ein Gefühl, welches mir sagt, dass wir uns von den Bermudainseln fernhalten sollten. Ich zwinge mich zu einem Lächeln und sage: „Und anschließend geht es Richtung Heimat."

Lea nickt und verlässt die Kajüte. Ich werfe einen kurzen Blick auf die Daten. Bei dieser Forschungsreise haben wir weniger Korallen gefunden als vor allen anderen Forschungsreisen. Die Zeichen sind eindeutig, wenn wir Menschen unsere Lebensgewohnheiten nicht drastisch ändern wird es in ein paar Jahrzehnten keine Lebewesen mehr auf diesem Planeten geben. Die schwindende Zahl an Korallenriffen sind ein untrügliches Zeichen. Wir transportieren Waren mit Schiffen aus Afrika nach Europa. Wir fliegen von Deutschland nach Amerika und halten mehr Nutztiere zum Schlachten bereit, als wir jemals in unserem Leben verspeisen können. Wenn wir damit nicht aufhören, wird unserer Planet in einigen Jahrzehnten oder Jahrhunderten so leblos und unbewohnbar sein, wie alle anderen Planeten in unserem Sonnensystem. Ich eile zu Gert Hauptmann, unserem Steuermann und frage ihn, wann wir die Bermudainseln erreichen? Die Sonne steht bereits tief am Horizont. Die Weltmeere haben sich von 1960 bis 2019 um bis zu 0,09° erwärmt.

„In einer Stunde erreichen wir das berühmte Bermuda Dreieck, hoffentlich verschwinden wir nicht auch vom Radar.", sagt er und lacht.

„Wir sollten vor Einbruch der Dunkelheit da sein, wir müssen uns spätestens morgen Mittag auf dem Weg nach Hause machen. Und ich möchte die Bermudainseln ein wenig erkunden."

„Keine Sorge, das klappt, wenn alles nach Plan läuft, habt ihr noch knapp zweieinhalb Stunden Zeit, Wasserproben zu nehmen, zu tauchen, seltene Tiere zu filmen und mit einem Sender auszustatten."

Ich lächle ihn an und mache auf dem Absatz kehrt.

„Hey Chef komm, mal ich bekomme hier ein Signal von Bessie rein.", sagt Lea.

„Lea von Bessie wirklich, hat sie es also doch geschafft."

Ich eile zum Monitor und richtig, ganz eindeutig nimmt unser Echolot die Rufe von Bessie auf. Bessie war eine junge Delfindame, die wir vor drei Jahren an Land gezogen und mit einem Sender ausgestattet haben. Damals war sie noch fast ein Junges, wenn auch nicht mehr in Begleitung des Muttertieres unterwegs.

„Hat es Bessie als tatsächlich geschafft." ,
sage ich.

Das sind die Momente als Meeresbiologe,
die meinem Team und mir immer wieder Freude bereiten, wenn wir sehen, wie es ein Tier
geschafft hat, zu überleben.

„Versuch mit dem Schiff, in ihre Nähe zu
kommen, aber verletze und vertreibe sie nicht.
Alle anderen, werft das Netz aus, wir holen
Bessie an Bord, ich möchte wissen, wie es
Bessie in den letzten Jahren ergangen ist!"

Während Lea gemeinsam mit Gert und Sybille das Netz ins Wasser wirft, taucht wie aus
dem Nichts ein seltsamer Nebel auf, der unser
Boot langsam verschluckt und von Minute zu
Minute immer dichter wird.

„Was ist das?" , fragt mich Lea, während
sie eine Taschenlampe hervorholt und in die
Ferne leuchtet.

„Wo kommt dieser Nebel so plötzlich her?"

Ich schüttel den Kopf, mir wird eiskalt, obwohl wir es fast 19° Lufttemperatur haben.

„Sieh da, was ist das?, fragt Lea und deutet mit der Hand Richtung Norden.

„Das ist doch ein Licht oder täusche ich mich.",fragt Lea.

„Sybille check, das Radar, ist noch ein Schiff außer unseres hier?", frage ich.

„Laut unserem Radar ist kein weiteres Schiff in der Nähe.", antwortet Sybille.

„Das kann nicht sein, überprüfe das bitte noch einmal, hier draußen ist ein Licht zu sehen, und dieses Licht kommt auf uns zu.", sage ich.

„Negativ laut den Messgeräten sind keine Schiffe oder Uboote in der Nähe.", antwortet Sybille.

„Vielleicht ist das Messgerät kaputt?" , sage ich.

„Nein, die Messgeräte funktionieren, wir sind ganz allein hier draußen", sagt Lea.

„Komm her auf die Brücke!", sage ich.

„Und was ist das?", frage ich und deute mit dem Arm auf das Schiff, welches sich fast auf

einer Höhe mit der Meteor unserem Forschungsschiff befindet?

Ich nehme das Fernglas zur Hand, das ist
doch unmöglich. Wie kommt dieses Schiff hie-
her? War das nicht ...? Kein Zweifel, das
Schiff, welches sich uns nähert, ist die Uss Cyclops ein Kohleschiff, welches am 4 März
1918 nach dem Auslaufen vom Radar verschwand und nie wieder gesehen worden ist.
Wie kann es sein, dass ein Schiff welches vor
über hundert Jahren verschwand, so plötzlich
vor uns wieder auftaucht? Das Schiff war
doch gesunken, wie konnte es sich in einem
derart guten Zustand befinden? War das ein
Traum? Ich schloss für eine Sekunde die Augen und schlug mir auf die linke Wange. Kein
Zweifel, das Kohleschiff war noch ca. 50 Meter von uns entfernt, machte aber keine Anstal-
ten beizudrehen. Wenn es diesen Kurs beibe-
hielt, würden die Schiffe kollidieren.

Ich reiche Sybille das Fernglas, sodass auch
sie hindurchschauen kann.

„Du meine Güte, ist da etwa die ...?“

Ich nicke.

„Die Uss Cyclops."

„Aber die ist doch 1918 gesunken, wenn ich mich nicht irre."

„Das ist richtig, das Schiff verschwand am 4 März kurz nach dem Auslaufen vom Radar." „Weiß du was für einen Fund wir da gemacht haben?"

„Ich denke, wir sollten uns das Schiff eine wenig genauer ansehen."

„Dreh Backbord bei, ich glaube kaum, dass wir von diesem Schiff ein Signal bekommen werden. Ich denke, wir sollten das Schiff untersuchen."

Das Herz in meiner Brust hämmert wie eine Dampflok.

„Bitte was, wolltest du nicht nach Hause?" , fragt mich Sybille.

„Nur ein, zwei Stunden, wir kommen noch früh genug nach Hause. Das wird wie eine Bombe einschlagen, wenn wir nach Hause fahren und sagen, dass wir USS Cyclops gefunden haben und das, obwohl dieses Schiff vor über hundert Jahren gesunken ist.", sage ich.

„Sybille, du rufst die Küstenwache und gibts ihnen unsere Position durch. Sag der Küstenwache, dass wir die USS Cyclops aus dem Jahre 1918 gefunden haben. Und lass dich um Himmels willen nicht abwimmeln. Sie werden dir nicht glauben, aber was für ein Schiff sollte das sonst sein?"

Sybille nickt mir zu und verschwindet unter Deck.

„Achtung hier ist das Forschungsschiff Meteor. Forschungsschiff Meteor, Forschungsschiff Meteor ruft die Küstenwache. Forschungsschiff Meteor ruft die Küstenwache, ich wiederhole, Forschungsschiff Meteor ruft die Küstenwache."

„Hier ist die Küstenwache, hier spricht die Küstenwache, ich wiederhole, hier spricht die Küstenwache, erwarte Ihre Meldung."

„Sybille Berg mein Name, ich bin Meeresbiologin auf der Meteor. Mein Team und ich haben die USS Cyclops gesichtet, ich wiederhole, wir haben die USS Cyclops gesichtet."

„Sind Sie betrunken? Sie meinen die USS Cyclops, das Marineschiff, welches 1918 gesunken sein soll? Bitte bestätigen."

„Richtig die USS Cyclops aus dem Jahre 1918 treibt direkt neben unserem Forschungsschiff."

„Ich habe keinen Sinn für solche Scherze, over und out."

„Achtung bitte melden, Forschungsschiff Meteor, Forschungsschiff Meteor, Forschungsschiff Meteor Küstenwache bitte kommen."

Doch das Funkgerät bleibt stumm.

Sybille verlässt die Brücke.

„Was hat die Küstenwache gesagt?" , frage ich, als Sybille zu uns kommt.

„Gar nichts, die Küstenwache glaubt, dass ich völlig betrunken bin und sie nur auf den Arm nehmen will. Weißt du was, wir nehmen das Schiff in schlepp und fahren mit der Uss Cyclops in den Heimathafen, dann werden sie schon sehen, dass wir keine Scherze machen."

„Und was machen wir jetzt?"

„Du rufst die Leute von Seahelp an, sag Ihnen nur, dass hier ein Schiff liegengeblieben ist und sie das Schiff bitte bis zum nächsten Hafen schleppen sollen.

„Lea, Gert und ich gehen an Bord der USS Cyclops und werden uns dort mal ein wenig umsehen. Außerdem werden wir Fotos als Beweismittel benötigen, denn diese Geschichte wird uns keiner glauben."

„Sollen wir wirklich auf dieses Schiff gehen, findest du nicht, wir sollten warten, bis die Mannschaft von Seahelp da ist?", fragt Gert.

„Wir haben wahrscheinlich nur einmal Gelegenheit dazu, uns dieses Schiff anzusehen. So eine Gelegenheit kommt so schnell nicht wieder und die Leute von Seahelp brauchen mindestens zweieinhalb Stunden bevor sie hier sein können, also warum solange warten. Wir werden rechtzeitig auf unser Schiff zurückkehren, bevor die Mannschaft von Seahelp da ist, also wer mitkommen will los. Wer hierbleiben will auch okay." ,sage ich.

Für einige Sekunden bleibe ich stehen, die vier Ladekräne auf Deck des Schiffes und die beiden Schornsteine auf der Steuerbordseite des Schiffes ragen wie Relikte aus der Vorzeit vor uns auf. Die vier aus solidem Stahl bestehenden Deckaufbauten funkeln in der untergehenden Sonne. Das ist seltsam, das Boot ist vor über 100 Jahren verschwunden und müsste von Wind und Wetter stark angegriffen sein, dennoch kann ich weder Algen, Rost oder eine andere Beschädigung entdecken. Sie sieht noch genauso aus, wie damals, als sie im Jahre 1918 von den Inseln Barbados aufbrach. Beladen mit 11.000 Tonnen Manganerz.

Verschwindet von hier, geh nicht an Bord dieses Schiffes ... , schreit etwas in meinem Inneren. Für einige Sekunden verspüre ich den Drang, den Motor zu starten und so schnell wie möglich zu verschwinden. Eine andere Stimme in meinen Inneren aber ruft: „*Geh an Bord des Schiffes und sieh es dir an, auf dem Schiff gibt es viel zu entdecken. So eine Gelegenheit kommt nicht wieder.*"

Kalter Schweiß steht mir auf der Stirn, meine Hände sind feucht und das Herz in meiner Brust schlägt wie ein Presslufthammer. Meine Kehle ist wie zu geschnürt. Mit weit aufgerissenen Augen erstarrt wie eine Litfaßsäule starre ich auf die Uss Cyclops, die ruhig neben uns auf dem Meer treibt.

„Adam ist alles in Ordnung?", reißt mich Gerds Stimme aus meinen Gedanken. Für einige Sekunden sehe ich ihn völlig entgeistert an.

„Ja wir sollten anfangen, keine Angst es ist alles Ordnung.", sage ich, bevor ich auf das Deck des Kohleschiffes überwechsele. Gert und Lea folgen mir. Ich nehme den Handstrahler aus dem Rucksack und bewege mich langsam vorwärts. Das Deck des Schiffes ist knochentrocken. Das ist seltsam nicht die kleinste Spur von Wasser oder Algen sind zu sehen. Ein kalter Schauer läuft mir über den Rücken, als ich mit dem Handstrahler langsam über das Oberdeck gleite. Die Rettungsboote stehen noch immer an derselben Stelle wie vor dem Unglück und sehen aus wie neu. Weder auf der

Brücke noch an den Ladekränen sind Algen, Sand oder Spuren von Rost zu sehen. Das konnte doch gar nicht sein. Wie war das möglich? Langsam schreiten Lea, Gert und ich über das Deck zu den Kabinen der Besatzung. Ich habe das Gefühl, als wenn eine unsichtbare Hand in meinen Bauch eindringt und meine Eingeweide zerquetscht. Ich strecke die Arme in die Luft und atme schnell ein und aus. Einige Minuten später lassen die Schmerzen ein wenig nach. Ich gehe zur Steuerkabiene, das Steuerbord und die Armaturen blitzen, als wären sie brandneu.

*Hier hat der Steuermann oder Kapitän gestanden und die USS Cyclops gesteuert. Genau an dieser Stelle, ehe das Schiff verschwunden is*t. *,* denke ich und ein Knistern breitet sich in meinen Fingerkuppen aus, als ich das Steuer mit meinen Händen umfasse und anschließend das Funkgerät in die Hand nehme. Alle Amaturen leuchte, der Strom des Kohleschiffes funktioniert, aber wie war das nach über hundert Jahren möglich? Auf dem Tisch steht eine Tasse Kaffe noch warm. Ich schaue mich ein wenig um, mein Blick fällt auf eine schwarz - weiß Fotografie. Auf dem Foto sehe ich einen Mann in einem Anzug gekleidet. Dem Gesicht nach zu urteilen schätze ich, dass der Mann zum Zeitpunkt als das Foto gemacht worden ist nicht älter, als 30 Jahre gewesen sein konnte. Neben ihm steht eine Frau mit langen Haaren, sie trägt ein helles Kleid. Auf dem Kopf trägt sie einen Kranz. War das ein Hochzeitsfoto? Ich drehe das Bild um, 3.06.1888 steht auf der Rückseite mit Bleistift geschrieben. War das ein Bild des Kapitäns zusammen mit seiner Frau? Oder war das jemand von der Besatzung? Ich stecke das Bild wieder an seinen Platz, als ich Schritte hinter mir höre. Ich drehe mich um, aber außer mir ist niemand in der Kabine. Wahrscheinlich habe ich mir die Schritte nur eingebildet. Mein Blick fällt auf das Logbuch. Die Seiten sind vergilbt aber nicht gewellt oder feucht. Die Schrift ist, trotzdem das Schiff vor über hundert Jahren ver-

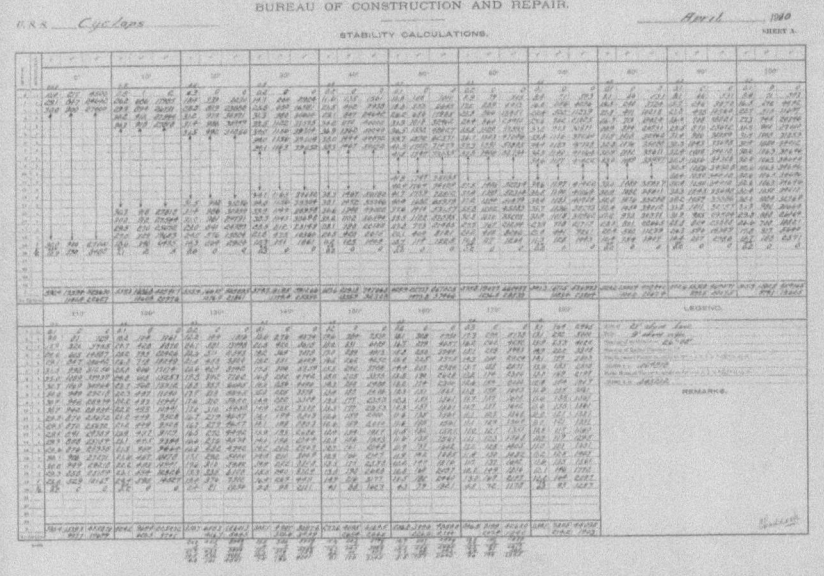

schwunden ist noch erstaunlich gut zu lesen. Folgende Koordinaten fallen mir ins Auge:

Ich nehme mein Smartphone aus der Tasche, um die Daten zu fotografieren, damit wir einen Beweis für unsere Behauptung haben, aber das Display meines Smartphones bleibt schwarz. Das konnte doch gar nicht sein, ich hatte das Smartphone doch heute Morgen noch aufgeladen. Ich nehme meinen Rucksack vom Rücken und hole meine Forschungskamera aus dem

Rucksack. Als ich die Kamera einschalten will, bleibt das kleine grüne Lämpchen an der Oberseite dunkel. Ich drücke erneut auf den Einschaltknopf, doch die Kamera reagiert nicht erst das Smartphone und jetzt unsere Ausrüstung? Was ging hier vor? Als ich einen Blick auf meine Armbanduhr werfe, stelle ich überrascht fest, dass sie stehen geblieben ist.

Etwas stimmt hier nicht, befanden wir uns noch in einer uns bekannten Zeitzone? Befanden wir uns noch in unserer Dimension oder waren wir in eine Parallelwelt katapultiert worden? Aber sowas wie Parallelwelten gab es doch gar nicht. Aber wie war dann dieses Schiff hierhergekommen? Aus wissenschaftlicher Sicht war alles, was gerade eben geschah absolut unmöglich. Wo blieb die Küstenwache oder die Seahelp? Befanden sie sich bereits auf dem Weg? Wenn wir in einer anderen Dimension waren, konnte man uns vielleicht auch gar nicht finden. Ich nehme erneut das Funkgerät in die Hand. Auch wenn ich schon jetzt weiß, dass das Funkgerät nicht funktioniert, versuche ich einen Funkspruch abzusenden. Ich muss es versuchen.

„Achtung hier spricht der Kapitän der Meteor. Liegengebliebenes Schiff entdeckt. Ich wiederhole liegengebliebenes Schiff entdeckt. Bitte Küstenwache bitte kommen over and out.", rufe ich. Erhalte aber keine Antwort. Kein Freizeichen, kein Knistern, nichts.

Ein Schrei, der mir durch Mark und Bein fährt, dringt an meine Ohren. Ich wirble herum, war das nicht Lea, die geschrien hat?

„Lea ist alles in Ordnung?", frage ich und eile in die Richtung, aus welcher ich den Schrei vernommen habe.

„Gert und Lea wo seid ihr? Ist alles in Ordnung bei euch? Gert und Lea kann mich einer von euch hören, antwortet mir bitte." , rufe ich mir die Seele aus dem Leib. Mein Herz rast, Atemluft stößt in kleine Wölkchen aus meiner Nase und meinen Mund. Kalte Seeluft peitscht mir ins Gesicht auf der sonst ruhigen See. Ich reiße eine Tür auf, welche zum E – Deck des

Schiffes führt. Türen befinden sich auf beiden Seiten. Waren das die Mannschaftskabinen? Ich reiße eine der Türen auf. Zwei Doppelstockbetten, zwei Nachttischen auf denen nichts weiter als eine Nachttischlampe steht und zwei hölzernen Truhen befinden sich in der Kabine. Ansonsten ist die Kabine leer. Ich verlasse die Kabine. Wie konnte sie sich in einem so guten Zustand befinden, denke ich noch, bevor ich die nächste Kabinentür aufreiße. Sollte ihnen etwa zugestoßen sein, dann ist das meine Schuld, warum habe ich nicht darauf bestanden, unverzüglich zurückzufahren.

„Lea, Gert wo seid ...?, ich halte mitten im Rufen inne. Mit weit aufgerissen Augen, starre ich auf die Szenerie. Für eine Sekunde schließe ich die Augen. Als ich die Augen wieder öffne, scheint mein Herz für einige Sekunden auszusetzen. Halluzinierte ich? War das vielleicht alles nur ein Traum? Das war doch völlig unmöglich. Befand sich noch jemand an Bord des Schiffes? Ein blinder Passagier?

Meine Knie werden weich, während ich wie eine Litfaßsäule auf Lea und Gert starre.

Lea liegt auf dem Bett, die Augen starr zur Decke gerichtet. Das Bett – Tuch auf dem sie liegt, ist blutdurchtränkt. Ihr Oberkörper wurde von etwas zerfetzt, sodass ihre Eingeweide wie rote Würmer aus ihr hervorquellen. Ich taumle zurück, mir wird schwindelig, als ich mich umdrehe und eine Mischung aus Heißwürstchen und Kartoffelsalat auf den Boden kotze. Ich fahre mir mit dem Handrücken über die Lippen und betrachte erneut die Szenerie. Bilder aus vergangenen Tagen tauchen vor meinem inneren Auge auf. Bilder wie ich mit Gert und Lea auf meine erste Expedition am Nordpol gefahren bin. Wie wir drei gemeinsam die Sahara und den Regenwald erforscht haben, bevor wir uns auf die Meeresbiologie spezialisierten. Lea, Gert und ich waren von dem Leben unter Wasser immer begeisert gewesen. Die vielen bunten Farben, das friedvolle, aber doch gefährliche Miteinander der unterschiedlichsten Lebewesen im Meer. Eine

Träne läuft meine Wange hinab. Ich wische sie mit dem Handrücken fort und drehe mich um. Ich sollte die Küstenwache und die Polizei verständigen. Aber was soll ich ihnen erzählen, dass wir die USS Cyclops aus dem Jahr 1918 entdeckt haben und das meine Kollegen von einer unsichtbaren Macht oder Geistern umgebacht worden ist? Wer würde mir diese Scheiße glauben? Am besten fahre ich nach Hause, aber wie soll ich das Verschwinden von Lea und Gert erklären. Was war, wenn man versuchte, mir einen Mord anzuhängen? Ich spüre, wie eine kalte Hand sich in meinen Nacken legt. Ich drehe den Kopf und sehe in Leas und Gerds Gesichter, die mich aus toten Augen anstarren. Ich schließe die Augen, mein Pulsschlag ist ruhig.

Dann soll es so sein, denke ich.

Ich schreie nicht, als sich Finger in meinen Bauch bohren und mir langsam die Eingeweide herausreißen. Blut läuft über meine Schultern, als sich Leas Zähne in meinen Hals bohren, während Gerd beginnt mir meine Augen aus dem Kopf zu saugen.

Das besondere Abendessen

Es war Freitag Abend, als ich von einer Lese- und Recherchereise wieder kam. Ich war Autor, ich schrieb Horror, Psychothriller und manchmal auch Artikel und Kochbücher für die unterschiedlichsten Auftraggeber. Ich war kein Stephen King oder Dean R. Koontz, aber es reichte, um davon einigermaßen leben zu können. Meine Frau arbeite halbtags als Putzfrau, sodass wir uns finanziell keine Sorgen machen mussten. Von unseren drei Kindern gingen zwei in den Kindergarten, sie hießen David, Melanie und Susan. Susan war erst vor einem halben Jahr auf die Welt gekommen. Auch wenn es meine Arbeit mit sich brachte, dass ich viel unterwegs und selten zu Hause war, so liebten meine Frau und ich uns noch wie am ersten Tag. Ich hatte meine Frau auf einer Lesung von mir kennengelernt. Ich glaube, es war das Buch Gefangen im Keller. Ich erinnere mich daran, dass ich beim Schreiben des Buches überwiegend spät nachts geschrieben habe. Immer mit einem Glas Whisky in Reichweite. Alkohol fördert die Kreativität, auch wenn ich inzwischen aufgehört habe, während des Schreibens zu trinken.

„Guten Abend Schatz hast du ein paar ruhige Tage gehabt, während ich weg war?", fragte ich meine Frau, die Freude strahlend auf mich zukam und mich in ihre Arme schloss.

„Es waren einige sehr entspannte Tage Liebling, aber jetzt freue ich mich, dass du wieder da bist. Konntest du einige interessante Orte entdecken auf deiner Reise?", fragte Karo.

„Italien ist beeindruckend, Venedig, Florenz und Rom sind wirklich eine Reise wert, jedoch scheint es in diesem Land auch einiges an Drückerbanden zu geben, so weit ich das beurteilen kann. Zudem haben die Lesungen und Signierstunden in Italien mir echt große Spaß gemacht, dorthin zu reisen. Das Land ist auf jeden Fall eine Reise wert.", antwortete ich. Der Geruch von Gulasch stieg mir in die Nase und mein Magen begann zu knurren.

„Wo sind die Kinder?", fragte ich meine Frau.

„Die übernachten bei Freunden.", antwortete Karo.

Ich zog die Augenbrauen hoch, dann sagte ich: „Mitten in der Woche, die müssen doch morgen in den Kindergarten?"

Karo lächelte, während ich die Jacke auszog, meine Koffer nahm und ihn ins Schlafzimmer brachte. Auspacken konnte ich später. Ich war hungrig und das Gulasch roch herrlich. Als ich die Küche betrat, hatte Susan das Gulasch zusammen mit ein paar Nudeln bereits auf die Teller angerichtet, daneben stand ein Glas Rotwein.

„Keine Sorge für einen Tag können die auch mal dem Kindergarten fern bleiben.", sagte meine Frau.

Das Essen war köstlich, das Fleisch war so zart, dass es bereits beim Einstich mit der Gabel zerfiel. Ich nahm einige Kartoffeln zusammen mit einem Stück Fleisch in den Mund und es schmeckte köstlich, ein wenig wie Schweinefleisch. Scharf gewürzt, aber nicht zu scharf. Ich hatte selten ein Stück Fleisch gegessen, welches so genau auf den Punkt gegart war. Ich nahm mein Glas Rotwein, meine Frau machte es mir gleich. Die Stille im Haus war etwas ungewohnt, kein Kindergeschrei, kein Kinderlachen, kein weinendes Kind, welches aus Bett kam, weil es einen Alptraum hatte. Die Stille war herrlich und dennoch fehlte mir genau das, das Lachen und das Weinen meiner Liebsten.

Karo war wunderschön und manchmal arbeitete sie neben ihrer Stelle als Putzfrau auch als meine Assistentin, manchmal half sie mir bei meiner Recherche, oder sie kümmerte sich um die Verwaltung meiner Termine, bspw, wann ich wo eine Lesung oder eine Signierstunde hatte. Auch wenn der Verlag mir die Termine mitteilte, so war es doch meine Frau, die ständig die Termine von unserem Kalender in meinen Terminkalender oder in mein Smartphone übertrug. Ich selbst hatte von diesen ganzen technischen Kram keine Ahnung. Ich wusste wie man mit einem Smartphone telefonierte und in Whats App eine Nachricht schrieb und das reichte mir vollkommen. Ich kannte meistens meinen Terminkalender vier Wochen vorher, meine Frau jedoch konnte bereits ein halbes Jahr vorher alle Termine und Veranstaltungen runterbeten, ohne dass sie in einem Kalender nachsehen musste. Sie hatte alle Veranstaltungen und Termine im Kopf. Manchmal in den Ferien oder wenn es uns gelang, die Kinder bei Freunden oder Verwandten unterzubringen, begleitete meine Frau mich auch zu der einen oder anderen Lesung. Das war jedoch mit drei kleinen Kindern nicht immer möglich. Meine Frau und ich waren froh, dass wir den heutigen Abend für uns hatten, morgen würde ich jedoch meine Kinder in die Arme schließen und ihnen von meiner Lese- und Rechercereise erzählen. Als Autor ist es nahezu unmöglich, das eine ohne das andere zu machen.

Ich goss meiner Frau und mir ein Glas Rotwein ein, erhob anschließend mein Glas und sagte: „Auf dich Liebling, du bist wunderschön und die Quelle meiner Inspiration."

Meine Frau lächelte und ich merkte, dass sie verlegen war, aber sie sagte: „Vielen Dank mein Schatz, auf dich und auf deinen Erfolg und darauf, dass dir die Inspiration niemals ausgehen möge."

Wir stießen die Gläser aneinander und ich nahm einen Schluck. Der Wein schmeckte köstlich.

„Ich hätte jetzt Lust auf ein Eis, möchtest du auch einen Nachtisch Liebling?", fragte ich und begann den Tisch abzuräumen.

„Ja es ist noch Eierliköreis in der Tiefkühltruhe. Bringst du bitte auch Sahne und Schokostreusel mit?"; fragte meine Frau.

Ich lächelte und machte mich auf den Weg in den Keller. Ich tastete nach dem Lichtschalter, das schummrige Licht der Deckenbeleuchtung ließ unseren Keller immer ein wenig unheimlich erscheinen. Das war die typische Schriftstellerkrankheit, dass wir in jeder alltäglichen Situation eine Bedrohung spüren konnten und diese dann zu Papier brachten. Ich stieg die alten Holzstufen hinab, die unter meinem Gewicht knarzten. Eine dicke braunbehaarte Spinne krabbelte über die Wände des Kellers und mein Herz schlug schneller. Ich blieb für einige Sekunden wie angewurzelt stehen und starrte die Spinne an, wie sie mit ihren langen Beinen über Kellerwand krabbelte und in einer dunklen Ecke verschwand.

Was wäre, wenn diese Spinne sich nur versteckt hat, um dich in der Dunkelheit zu überraschen. Ein Gedanke, der mir Freude und Unbehagen zugleich schenkte. Ich lächelte, während ich die Stufen hinabging und mich der Truhe näherte. Eingemachte Früchte, geschälte Tomaten, Wein, Kartoffeln, Zwiebeln Butter, Margarine. Limonade und Sekt standen oder lagen in einem Regal welches direkt gegenüber der Kellertür stand. Das Mauerwerk hatten wir weiß gestrichen, nur eine passende Beleuchtung hatten wir seit Jahren nicht. Eine einfache Glühbirne baumelte an einem grauen Kabel von der Decke hinab. Beim nächsten Einkauf werde ich eine vernünftige Lampe für den Keller besorgen, dachte ich, während ich auf die Tiefkühltruhe zuging. Als ich sie den Deckel öffnete, stieß mir kalte Luft entgegen, ich sah tiefgefrorene Erbsen, Buttergemüse und Fleisch. Moment was war das? , dachte ich und nahm es heraus. Als ich das Stück Fleisch in der Hand hielt, ließ ich es vor Schreck fallen, war das nicht ein Fuß? Der Fuß eines Kindes? Was zur Hölle war hier geschehen? Ich beugte mich abermals über die Truhe, dann gefror mir das Blut in den Adern. Ich sah den Kopf meines Sohnes David. Mir wurde schlecht, ich schmiss den Deckel der Truhe zu und kotzte auf den Boden. Was hatte ich gegessen?

Der Aokigahara Wald

Akeno ging allein durch den finsteren Wald. Die Bäume standen so dicht am Wegesrand, dass er sie ohne die Arme auszustrecken mit den Händen berühren konnte. Die Schatten der Bäume tanzten in der Finsternis. Es war still. So still, dass er nicht mal seinen eigenen Atem hören konnte. Kein Geräusch war zu hören. Eine Träne rann über seinen Wangen hinab. Akeno setzte sich auf einen Baumstumpf und seufzte. Warum? Warum gerade er? Warum musste so etwas ausgerechnet ihm passieren? So ein verdammter Toyota Fahrer. Dieser Mistkerl, Akeno ballte die Hände zu Fäusten und nahm den Flachmann aus der Jackentasche, seine Hände zitterten. Der Brandy brannte in seiner Kehle, aber nachdem er einen Schluck genommen hatte, ließ das Zittern ein wenig nach. Ihm fröstelte, etwas streifte seinen Unterarm, Akeno erschrak und erhob sich. Sein Herz begann unwillkürlich schneller zu schlagen. Was war das? Gedankenverloren rieb er sich die Stelle, an welcher er berührt worden war. Er schob den Gedanken beiseite wahrscheinlich, war es nur ein Strauch oder der Ast einer Scheinzypresse gewesen. Eine weitere Träne lief seine Wange hinab. Er wischte sie mit dem Handrücken fort. Bilder seiner Frau Asuka tauchten vor seinem inneren Auge auf. Er konnte sich noch gut an den Tag erinnern, an dem er Asuka kennen gelernt hatte. Damals war sie noch Studentin an der Universität in Tokyo gewesen. Sie hatte Informatik studiert und kannte sich mit Computern bestens aus, während er selbst gerade einmal wusste, wie man den PC an- und ausschaltete. Er war kein Technikfreak. Das Glück schien geradezu perfekt zu sein, als zwei Jahre nachdem er seine Frau geheiratet hatte, ihre Tochter Ayumi auf die Welt kam. Akeno war bei der Geburt dabei gewesen und hatte selbst die Nabelschnur durchtrennt. Er hatte seine Tochter gewaschen, danach war die Haut seiner Tochter ganz rosa und weich. Bei ihrer Geburt war

Ayumi gerade mal 60 Zentimeter groß gewesen. Seine Tochter brachte am Tag als sie das Licht der Welt erblickte 2000 gr auf die Waage. Sie hatte bei der Geburt geschrien, aber sie war gesund zur Welt gekommen. Dann zwei Jahre später schlug das Schicksal zu. So ein gottverdammter Toyota Fahrer hatte ihm auf der Autobahn die Vorfahrt genommen, und das bei regennasser Fahrbahn und Tempo 100. Akeno war noch auf die Bremse getreten, aber das Auto war ins Schleudern geraten. Er hatte noch versucht, das Lenkrad herumzureißen, aber es war zu spät. Es kam zu Aquaplaning und dann war das Auto durch die Leitplanken auf die rechte Fahrbahn geraten, wo es von einem LKW erfasst worden war. Es schepperte, der LKW hatte ihr Fahrzeug noch 100 Meter weitergeschleift, ehe er zum Stehen kam. Seine Frau und seine Tochter waren auf der Stelle tot. Doch er selbst hatte nicht mal den kleinsten Kratzer abbekommen. Das war ungerecht, das war alles so ungerecht gewesen. Der LKW Fahrer war kreidebleich aus dem Führerhaus getreten. Er stand unter Schock. Er nahm Akeno, der aus seinem Wagen kletterte kaum wahr. Das alles war ein halbes Jahr her. Er war seitdem nicht mehr auf der Arbeit erschienen. Er hatte seinen Job verloren und jetzt drohte ihm auch der Verlust seiner Wohnung. Wo sollte er bleiben? Sollte er wie ein verkommener Penner auf der Straße leben? Akeno nahm einen weiteren Schluck aus dem Flachmann. Plötzlich glaubte er, hinter sich ein Geräusch zu hören. Was war das? Das bildest du dir ein? In diesem Wald gab es keinen Schall. Akeno stolperte vorwärts, dann vernahm er Stimmen.

„Warum hast du uns sterben lassen? Du bist schuld, an unserem Tod, warum hast du nicht aufgepasst? , vernahm er die Stimme seiner Frau.

Er schluckte, nein das war nicht wahr, das konnte nicht wahr sein. Nicht er war schuld, sondern dieser verdammte LKW Fahrer. Ja dieser LKW Fahrer der mit überhöhter Geschwindigkeit bei diesen Wetter- und Sichtverhältnissen gerade zu der Zeit an ihnen vorbeirauschen wollten und dabei ins Schleudern geraten war. Die Bremsen hatte nicht richtig gegriffen, Reifen quietschten und dann gab es einen lauten Knall. Es war nicht seine Schuld.

„Es ist deine Schuld, du wolltest ja unbedingt zu deiner Schwester nach Osaka fahren. Nur weil du es wolltest, bin ich mitgefahren du Mörder, du gottverdammter Kindermörder.", vernahm er die Stimme seiner Frau.

„Nein halt die Klappe, nein es war nicht meine Schuld und du wolltest mitfahren nein.", schrie Akeno, so laut er konnte. Aber hier gab es keinen Schall. Das ist nicht wahr, das waren alles nur Lügen.

Es ist wahr, du bist schuld, an unserem Tod, du Mörder, du Mörder, Mörder, rief die Stimme in seinem Kopf.

Was fällt dir ein, eine Frau und deinem Kind einer solchen Gefahr auszusetzen. Damit hast du Schande über unsere Familie gebracht. Habe ich dich nicht gelehrt, dass man das Leben seiner Frau und seiner Kinder zu achten und zu schützen hat.", hörte er die Stimme seines Vaters.

„Nein, Vater du bist tot, wie kannst du sprechen, wenn du bereits tot bist? Ich habe das nicht gewollt.", sagte Akeno, wobei ihm Tränen über die Wangen liefen. Im Wald war es still, so still, dass er eine Stecknadel hätte fallen hören können, dafür riefen die Stimmen in seinem Kopf umso lauter. Akeno presste sich beide Hände auf die Ohren, so fest er konnte. Aber die Stimmen wurden immer lauter: „Mörder, Mörder, Kindermörder. Versager du bist ein elendiger Versager. Deine Frau und ich warten auf dich in der Hölle, denn dort wirst du hinkommen, in die Hölle, Hölle, Hölle."

Akenos Hände zitterten, wie konnte das sein? Wie konnten Asuka und sein Vater immer noch mit ihm reden? Warum konnten die Stimmen ihn nicht in Ruhe lassen?

„Wenn du bei uns bist, werden wir dich bei lebendigem Leib verzehren, wieder und wieder und wieder ..." ‚sagte Asuka.

„Halt den Mund, Asuka halt deinen Mund. Du bist tot und Tote können nicht reden.", schrie Akeno wobei er sich wieder und wieder mit beiden Händen gegen den Kopf schlug.

„Dein Vater und ich warten auf dich" , dann vernahm Akeno ein Lachen, bei dem es ihm kalt den Rücken hinunterlief.

Akenos Augen quollen aus den Höhlen hervor, das Gesicht zu einer eigenartigen Fratze verzogen. Plötzlich glaubte er, dass sich Finger um seine Schulter legten, und wirbelte herum. War das, was er sah Wirklichkeit oder hatte er Halluzinationen? Das konnte nicht sein. Wie konnte Asuka hier sein? Sie war tot, er hatte sie doch selbst in der Leichenhalle liegen sehen. Ihr Haut war mit dunklen Leichenflecken überzogen, ihre Wangen waren eingefallen, sodass die Wangenknochen mehr als deutlich hervortraten. Ihr Bauch war jedoch aufgebläht wie ein Medizinball. Ein süßlich stechender Geruch schlug Akeno entgegen und ließ ihn würgen. Er schlug sich eine Hand auf den Mund.

Warum hast du mich sterben lassen? Du elender Mörder. Mörder, Mörder."

Das konnte nicht wahr sein. Akeno schloss die Augen, zog erneut den Flachmann hervor und nahm einen weiteren Schluck. Seine Hände zitterten, dann glitt ihm die Flasche aus den Händen und der Inhalt ergoss sich über den Waldboden.

„Sieh dich doch nur an du elender Versager und Kindermörder, warum haben deine Mutter und ich dich damals nicht abgetrieben. Du bist eine einzige Schande für die Familie, du Versager und Kindermörder. Warum korrigierst du den Fehler von uns nicht einfach? Tue der Menschheit und dir selbst einen Gefallen, leg dir einfach die Schlinge um den Hals", vernahm er die Stimme seines Vaters.

„Ich hätte dich damals abtreiben sollen. Du warst schon damals ein ungezogener und verdorbener Junge. Wie oft musste ich dir sagen, dass du dein Zimmer aufräumen und dass du nicht mit dreckiger oder kaputter Kleidung nach Hause kommen sollst. Dass du gefälligst auf deine Sachen zu achten hast, aber du bist so oft mit dreckigen oder kaputten Hosen nach Hause gekommen, dass man nur für dich eine gesamte Näherei hätte aufmachen können. Du hast nie etwas zu Stande gebracht nicht als Kind, und erst recht nicht heute als Erwachsener. Du hast Schande über uns gebracht, dein Vater hat absolut Recht, du bist ein elendiger Nichtsnutz und Versager, Versager, Versager. Du hast eine Frau und ihr ungeborenes Kind auf dem Gewissen du Taugenichts und Kindermörder. Wir warten auf dich und wenn du bei uns bist, werden wir dich langsam über dem Höllenfeuer rösten, bis du schön durch bist.", vernahm er die Stimme seiner Mutter.

„Versager, Mörder, Kindermörder, Versager, Mörder, Kindermörder.", schrien alle Stimme durcheinander.

Einige Wochen später fanden Förster die Leiche des 35 Jahre alten Mannes, der sich mit einem Strick um den Hals aufgehangen hatte.

Den Strick hatte er um den Ast einer Kiefer geschlungen.

Im Dark Web gefoltert

Kapitel 1 Gekidnappt

Stille und Finsternis. Sie versuchte zu schreien, aber es gelang ihr nicht. Sie versuchte, ihre Augen aufzuschlagen, aber etwas wie ein Schal oder ein Tuch drückte ihre Augenlider herunter. Sie probierte ihre Arme und Beine zu bewegen ohne Erfolg. Was hatte das zu bedeuten? War sie in einem Traum? Lag sie in ihrem Bett und schlief? Wenn ja warum erwachte sie nicht? Oder war das der Tod, das Ende? Wie war sie gestorben? Wo war sie? Wie war sie hierhergekommen? Ihr Kopf dröhnte, als ob jemand mit einem Presslufthammer darin arbeitete? Sie nahm den Geruch von Chloroform wahr. Das Herz schlug ihr bis um Halse, ein kalter Schauer lief Sybille über den Rücken. Ein seltsamer Geschmack lag ihr auf der Zunge. Sie hatte Durst, ihre Kehle war so trocken wie Reibeisen. In ihrem Kopf schien sich ein wabernder Nebel zu befinden, der ihre Sinne blockierte. Sybille lauschte, aber sie hörte nichts. Nicht mal das Summen einer Fliege oder das Ticken einer Uhr. Sybille versuchte zu schreien auf sich aufmerksam zu machen, doch die Töne blieben ihr im Halse stecken. Sybille schluckte, ihre Nackenhaare richteten sich auf. Hatte man sie entführt? Warum? Was wollte man von ihr? Wer hatte ihr das angetan? Wollten sie Geld? Wollte man von ihrer Familie Lösegeld erpressen? Sie lebte allein, sie war nicht reich und auch ihre Geschwister waren alles keine Millionäre. Sie hatten alle einen festen Beruf und ein gutes Einkommen, aber keiner von ihnen verdiente so viel, dass er sich eine Villa oder ein Zweitwohnsitz in der Toskana leisten konnte. Feinde besaß sie nicht. Was hatte das alles zu bedeuten? Wie lange war sie bewusstlos gewesen? Was war in den vergangen Stunden geschehen? Langsam klärten sich ihre Sinne, ihr Atem rasselte. Wie lange war sie bereits hier unten, Stunden oder Tage? Welcher Tag war heute? War es Tag oder war es Nacht? Sybille lauschte, vielleicht konnte sie etwas hören, etwas was ihr half von hier zu entkommen. War sie in die Hände eines Frauenhändlerringes geraten? Im Geiste sah sie sich bereits mit hochhackigen Lederstiefeln, Minirock und Tanga auf dem Straßenstrich stehen. Sybille schluckte, warum musste das ausgerechnet ihr passieren? Sie hatte Durst und ihre Blase drückte. Sybille zerrte an ihren Fesseln, ohne Erfolg. Sie musste ruhig bleiben, wenn sie jetzt in Panik verfiel, würde ihr das nichts nützen. Sie musste auf den richtigen Augenblick warten, mit etwas Glück würden ihre Peiniger irgendwann unvorsichtig werden und sie könnte von hier fliehen. Sybille vernahm Schritte, jemand kam. Sie vernahm das Klimpern eines Schlüsselbunds, ein Klicken und dann das Quietschen einer Tür, die geöffnet wurde. Schritte kamen auf sie zu.

„Herzlich willkommen beim Spiel.", sagte eine Männerstimme.

„Mein Name tut nichts zur Sache, aber in diesem Raum sind Kameras und Mikrofone aufgebaut. Und du hast die einmalige Gelegenheit, live bei unserem Spiel dabei zu sein. Du bist sozusagen die Hauptattraktion. Der Stream wird direkt ins Darkweb übertragen, das Spiel heißt leben oder sterben."

Sybille schluckte.

„In diesem Spiel dürfen die Zuschauer im Dark Web auswählen, was mit dir passiert, es gibt mehrere Kategorien, wenn du Glück hast, geht es ganz schnell, aber meistens geht es sehr langsam."

Sybille vernahm ein gellendes Lachen. Ein Kloß breitete sich in ihrer Kehle aus. Hatte sie den Mann richtig verstanden? Sie sollte langsam für die Fantasien einiger perverser User zu Tode gefoltert werden? Nein, das würde sie nicht zulassen, sie würde sich mit allen Mitteln dagegen wehren, aber wie? Solange sie gefesselt war, konnte sie nichts dagegen tun. Ein Stöhnen entwich ihrer Kehle.

„Das Spiel beginnt um zwölf Uhr, zwischen jeder Einheit wird es einige Pausen geben, manchmal beträgt die Pause nur eine Stunde, manchmal auch 24 Stunden. In der Zeit werden wir dich pflegen dir also etwas zu essen und zu trinken geben. Wir wollen möglichst lange etwas von dir haben. Das Längste, was eine Spielfigur durchgehalten hat, waren zwei Wochen. Die meisten Figuren halten nicht mehr wie vier Tage durch. Ach so noch etwas, der Raum ist absolut schalldicht, selbst wenn du nicht geknebelt wärst, könnte dich niemand hören. Ich habe nur keine Lust, auf dein hysterisches Gekreische", sagte die Männerstimme.

Sybille vernahm Schritte, eine Tür wurde geöffnet und wieder zugeschlagen. Dann vernahm sie, wie das Schloss einrastete, sie war allein.

Das Längste, was eine Spielfigur durchgehalten hat, waren zwei Wochen. Die Zuschauer im Dark Web dürfen entscheiden, was mit dir passiert. Wenn du Glück hast, geht alles ganz schnell.

Sybille schluchzte. Wie spät war es, wie viel Zeit blieb ihr noch? Nur noch ein paar Stunden oder? Sie musste einen Weg hier raus finden. Niemand wusste, dass sie hier gefangen gehalten wurde. Wer würde sie vermissen? Sie hatte keinen Freund und ihre Eltern waren bereits vor drei Jahren gestorben. Ihr Bruder zu dem Sybille nie viel Kontakt hatte, war nach Amerika ausgewandert und sie sahen und sprachen sich selten. Höchstens zwei- oder dreimal im Jahr per Whatts App oder Festnetzanschluss. Das waren Profis, wahrscheinlich hatte man sie bereits seit längerem beobachtet und nur auf den passenden Moment gewartet. Sybille war nie sehr religiös gewesen, sie hatte nie an eine höhere Macht geglaubt, aber jetzt begann sie zu beten.

Bitte lieber Gott lass diesen Kelch an mir vorüber gehen und erlöse *mich aus der Finsternis und führe mich zurück ins Licht. Lass mich dein Werkzeug der Liebe sein, aber bitte vertreibe die Schatten die auf meinem Weg liegen. Amen.*

Es fiel Sybille wie Schuppen von den Augen, sie hatte kurz das Haus verlassen, um sich eine Pizza zu holen, als da dieser schwarze Mercedes neben hielt. Drei Männer komplett in Schwarz gekleidet waren aus dem Wagen gesprungen und hatten sie gepackt. Einer dieser Herren hatte ihr ein mit Chloroform getränktes Tuch auf Mund und Nase gedrückt. Obwohl sie versucht hatte, sich zu wehren, hatte sie gegen die Übermacht keine Chance gehabt. Sie hatte noch die Möglichkeit gehabt,

Hilfe zu rufen, ehe ihr die Sinne schwanden. Was zwischen dem Überfall und ihrem Erwachen an diesem Ort geschehen war, wusste sie nicht. Am Liebsten hätte sie sich selbst geohrfeigt, als die Erkenntnis über sie herfiel wie ein gefräßiges Ungeheuer. Warum hatte sie nicht Feuer gerufen? Jeder Experte sagte, in einer Gefahrensituation sollte man Feuer und nicht Hilfe rufen.

Wie viele Leute hatten diese Schweine schon umgebracht? Warum tat die Polizei nichts dagegen? Die Menschen fühlten sich sicher. Waren sie nicht verheiratet, hatten sie nicht selbst Familie? Wahrscheinlich nicht ansonsten würden sie einer Frau so etwas nicht antun. Wie lange spielten sie dieses Spiel schon? Wochen, Monate oder Jahre?

Sybille fröstelte, war es aufgrund dessen, was ihr bevorstand oder vor Kälte? Sie wusste es nicht. Wie gern hätte sie jetzt ihre verstorbene Mutter bei sich. Sie und ihre Mutter hatten sich nie gut verstanden. Sie hatten nie viel Kontakt gehabt. Nur sporadisch zum Geburtstag oder zu Weihnachten hatte Sybille ab und an mit ihr telefoniert. Hingefahren zu Familientreffen war sie selten. Das letzte Mal vor fünf Jahren als ihre Mutter im Sterben gelegen hatte. Sybille hatte sich im Gegensatz zu ihrem Bruder noch von ihr verabschieden können. Währenddessen war Matthias auf einer Geschäftsreise, in den USA gewesen. Ihre Mutter und auch ihr Vater waren der Meinung, dass Sybille nichts Vernünftiges aus ihrem Leben machte. Ihr Bruder war immer der Vorzeigejunge gewesen. Er war Abteilungsleiter eines großen Bauunternehmens, die international Immobilen wie Häuser, Firmengebäude oder Wohnungen errichteten.

Und ich das schwarze Schaf ... , schoss es ihr in den Kopf. Ihre Familie würde wahrscheinlich nicht viel Aufhebens wegen ihres Ablebens machen. Würde ihre Familie sie überhaupt vermissen? Vielleicht wären sie über ihr Ableben sogar froh.

Wahrscheinlich wäre es wirklich für alle das Beste, wenn sie .... , Sybille führte den Gedanken nicht zu Ende. Sie hatte Freunde, Arbeitskollegen sie alle würden sie vermissen und nach ihr suchen, wenn sie nicht zu Arbeit kam. Mochte ihre Familie doch denken, was sie wollte, ihre Freunde, würden sie nicht im Stich lassen und die Polizei alarmieren. Aber was, wenn die Polizei dich nicht findet? Niemand weiß, dass du entführt worden bist. Ihre Augenlider füllten sich mit Tränen. Nie hatte sie sich einsam gefühlt und nie war ihr diese Stille so bedrohlich vorgekommen wie jetzt. Sie weinte.

Wenn die Polizei mich nicht findet, hoffentlich ist es dann schnell zu Ende. Sollte es das wirklich schon gewesen sein? Sie hatte noch so viel vorgehabt. Sie wollte Urlaub auf den Malediven und den Bahamas machen. Wollte noch mal nach L.A. fliegen und sich dort gemeinsam mit einer Freundin ins Nachtleben stürzen. Das konnte doch nicht alles schon vorbei sein. Dann merkte sie, wie es unten rum ganz warm wurde, als sich ihre Blase entleerte. Sybille dachte nach und bäumte sich unter ihrer Fesseln auf, nur um festzustellen, dass es aus ihrer Umklammerung kein entrinnen gab. Kalter Schweiß stand ihr auf der Stirn. Sie rang nach Luft und hätte aufgeschrien, wenn sie keinen Knebel im Mund gehabt hätte. Etwas Weiches oder Pelziges krabbelte über ihre Füße und verschwand anschließend in der Dunkelheit.

Ratten schoss es Sybille durch den Kopf und erschauderte. Ihre Kehle war so trocken wie ein Reibeisen. Sybille schluchzte. Dann schlief sie ein.

Sybille träumte, sie befände sich mit ihrer besten Freundin Konni auf dem Oktoberfest. Bunte Lichter, es roch nach gebrannten Mandeln und frischen Backfisch. Sybille und Konni quälten sich durch die Menschenmenge, es war so voll, dass man kaum einen Schritt vor den anderen machen konnte.

„Hey wie wäre es, mit schießen? Willst du auch?"; fragte Konni.

Sybille nickte und lächelte. Sie drängten sich vorbei an einen Pulk von Menschen. Zum Schießstand 5 Schuss 7,50 € 10 Schuss 15,00 €.

„Hey, vielleicht lernen wir hier ja noch ein paar nette Typen kennen, wer weiß, und vielleicht findest auch du endlich mal einen Mann.", sagte Konni und lächelte.

So war Konni, sie hatte immer versucht, sie mit irgendwelchen Typen zu verkuppeln.

„Lass es, ich will keinen, sieh das doch ein.", sagte Sybille.

„Ach komm, mir kannst du doch nichts vormachen, natürlich willst du einen Typen, du tust zwar immer so, als wenn du glücklicher Single wärst, aber insgeheim sehnst du dich nach einer Schulter, an die du dich anlehnen kannst." ,sagte Konni.

Wie recht sie doch hatte. Konni hatte wieder einmal ihren wunden Punkt getroffen, auch wenn sie das gegenüber ihrer Freundin niemals zugeben würde. Sybille war es leid allein einzuschlafen und keine Schulter zu haben, an welcher sie sich anlehnen konnte.

Vielleicht hatte ihre Freundin Konni ja bereits die Polizei alarmiert, normalerweise schrieben Konni und Sybille sich jeden Tag einmal über Whatts App eine Nachricht, ließen sich Bilder und Videos zu kommen. Wenn sie sich nicht meldete oder nicht antwortete, würde Konni sich Sorgen machen und zu ihr oder zu ihrer Arbeitsstelle fahren. Und wenn Konni sie nicht antraf, würde ihre Freundin umgehend die Polizei alarmieren.

Aber nahmen die nicht eine Vermisstenmeldung erst nach 48 Stunden auf?, schoss es Sybille durch den Kopf, bis dahin konnte es bereits zu spät sein.

Bitte lieber Gott, sorge dafür, dass die Polizei mich rechtzeitig *findet, oder lass meine Peiniger einen Fehler machen, den ich zur Flucht benutzen kann.*, dachte Sybille. Sie hatte seit ihrer Kindheit nicht mehr gebetet und war bereits vor Jahren aus der Kirche ausgetreten. Das waren Profis. Man ging nicht einfach los und schnappte sich die erstbeste Frau, die einem über den Weg lief. Diese Sache war von langer Hand geplant gewesen. Wahrscheinlich hatte man sie bereits seit längerem beschattet. Aber Sybille war nie etwas aufgefallen kein Auto oder ein Passant. Sie hatten die Autos gewechselt, das musste es sein. Das stimmte nicht ganz, einmal war ihr ein schwarzer Mercedes der B Klasse aufgefallen. Der Wagen war ganz schwarz gewesen und hatte getönte Scheiben. Er hatte einige Zeit vor ihrer Wohnung gestanden. Sybille konnte sich jedoch nicht daran erinnern, ob jemand in dem Wagen gesessen hatte. Aber die getönten Scheiben waren ihr aufgefallen. Wie lang war dieser Vorfall jetzt her, drei Monate? So genau wusste sie es nicht mehr, es könnten auch vier gewesen sein. War sie über Monate hinweg auf Tritt und Schritt verfolgt worden, ohne dass sie etwas davon mitbekommen hatte? Sie hatte es mit Profis zu tun und wahrscheinlich wussten sie auch ganz genau, wie man jemanden

Schmerzen zufügt, ohne ihn gleich umzubringen.

Die Erkenntnis traf sie wie ein Blitz, sie konnte sich nicht auf die Polizei verlassen, sie musste selbst etwas unternehmen. Sybille musste die Augen offen halten. In den Nachrichten hörte man häufig von Entführern, die irgendwann unvorsichtig wurden und so ihren Opfern die Möglichkeit zur Flucht oder zum Absetzen eines Hilferufes gaben. Eventuell bekam auch sie Gelegenheit dazu. Das war ihre einzige Chance.

Kapitel 2 Das Spiel beginnt

Sybille achtete auf jedes Geräusch, sie hatte Durst. Bei jedem Schritt fuhr sie innerlich zusammen. Das Herz schlug ihr bis zum Halse. Wo zur Hölle blieb die Polizei? Sybille ballte die Hände zu Fäusten, so stark, dass sich ihre Fingernägel schmerzhaft in die Handflächen gruben. Sie öffnete die Hände wieder. Der Schweiß in ihrem Nacken war inzwischen getrocknet. Ekel stieg in ihr auf, als der Geruch ihrer eigenen Körperflüssigkeiten ihr in die Nase stieg. Ein Würgereiz entwich ihrer Kehle, als sie merkte, dass sich ihre letzte Mahlzeit langsam ihren Weg durch den Magen nach oben arbeitete. Wenn sie sich jetzt übergeben musste, würde sie ersticken. Es gelang ihr im letzten Augenblick, den Impuls zu unterdrücken.

Sie vernahm Schritte und dann das Klimpern eines Schlüsselbunds. Jemand kam. Alles in ihrem Innerem zog sich zusammen, ihre Gnadenfrist war abgelaufen. Schritte näherten sich ihr. Sybille hörte eine Stimme, die sagte: „Hast du hunger?"

Sybille nickte.

„Bei dem geringsten Geräusch oder wenn du Gezeter machst, werde ich dir einen Fingernagel raus reißen. Hast du mich verstanden?" , fragte die Stimme. Sybille spürte, wie eine Hand ihr Handgelenk ergriff und etwas aus Metall unter den Nagel ihres rechten Mittelfingers geschoben wurde. War das eine Feile oder ein Hammer? Sie hatte keinen Zweifel daran, dass der Mann seinen Worten Taten folgen ließ, wenn sie anfing um Hilfe zu schreien.

Sybille nickte.

Der Mann machte sich an ihrem Knebel zu schaffen. Ein seltsamer Geruch stieg Sybille in die Nase. Sie hustete, als man sie von ihrem Knebel befreite. Sybille atmete erleichtert auf, dann sagte sie: „Danke schön was ist das? Können Sie mir nicht die Augenbinde abnehmen, damit ich etwas sehen kann. Bestimmt tragen Sie eine Skimaske, ich könnte Sie also unmöglich identifizieren."

„Nein, was das ist Haferschleim. Was anderes bekommst du nicht. Danach beginnt das Spiel.", sagte der Mann.

Sybille öffnete den Mund, ein salziger Geschmack legte sich auf ihre Zunge. Der Geruch von Pisse stieg ihr in die Nase. Sybille würgte, alles in ihr zog sich zusammen. Um ein Haar hätte sie ihrem Peiniger, das Essen mitten ins Gesicht gespuckt. Doch sie musste etwas essen, sie musste bei Kräften bleiben, auch wenn sich alles in ihrem Körper dagegen sträubte. Sybille hustete als der Mann ihr einen weiteren Löffel, dieser kleisterartigen Masse einflößte. Ein Teil der Masse lief langsam ihre Mundwinkel hinab, während ein weiterer Teil der Pampe auf ihrer Bluse landete. Sybille schrie auf, als sie eine Ohrfeige erhielt.

„Pass doch auf du miese Schlampe, beim nächsten Mal werde ich deine Füße mit einer glühenden Zigarette bearbeiten. Na wie würde dir das gefallen?"; sagte der Mann,

„Ent- entschuldigen Sie bitte.", sagte Sybille, sie hatte keine Zweifel daran, dass diese Drecksau seiner Drohung Taten folgen ließ.

„Noch was du wirst alles schön aufessen, hast du verstanden?", fragte ihr Peiniger.

Sybille nickte, dann flößte man ihr einen weiteren Löffel Pampe ein.

„Das war gut schön brav alles aufgegessen, dann können wir jetzt anfangen:", sagte ihr Peiniger und lachte.

Sybille erschauderte.

„Bitte lassen Sie mich gehen, wenn Sie mich gehen lassen, werde ich keine ..."

Ein Faustschlag ins Gesicht ließ sie verstummen. Sie hörte wie ihre Nase brach und der Geschmack von Blut breitete sich in ihrem Mund aus. Ihr oberer Eckzahn löste sich. Vor ihrem inneren Auge tanzten Blitze auf und ab.

„Halt deinen Mund."

Eine Hand ergriff ihr Handgelenk, dann bohrte sich ein stechender Schmerz durch ihre linke Hand, als sich langsam zwei Fingernägel aus ihrem Nagelbett lösten. Sybilles Peiniger lachte.

„Das war der erste Streich, doch der zweite, der folgt bald." , sagte der Mann, machte auf dem Absatz kehrt und ließ sie allein.

Sybille stöhnte, Wellen der Schmerzen jagten durch ihre linke Hand. Sie war froh, dass sie die Verletzungen nicht auch noch sehen musste.

Ihre Nase pochte, Sybille spürte, wie etwa aus ihrer Nase lief, wahrscheinlich Blut. Sybille versuchte, durch die Nase zu atmen, aber das gelang ihr nicht.

Wenn ich jetzt auch noch geknebelt wäre, würde ich langsam ersticken, dachte sie. Gab es nicht eine Möglichkeit, auf sich aufmerksam zu machen? Hilfe von außen zu holen? Sybille hustete und spuckte einen dicken Klumpen Blut auf den Boden. Sie verzog angewidert das Gesicht.

Ein gutes hatte der Nasenbeinbruch, sie musste nicht mehr ihrer eigenen Ausscheidungen riechen. Ein Lächeln kam ihr über die Lippen, sie fing lauthals an zu lachen.

Ihre Fingerkuppen pochten. *Wenn sich die Wunden entzünden,* bekomme *ich eine Infektion vielleicht sogar Tetanus oder eine Blutvergiftung. Dann wären die Schmerzen vorbei. Wann war sie da letzte Mal bei einer Impfung gewesen? Wenn sie sich nicht täuschte, hatte sie sich zuletzt in ihrer Jugend vor knapp 20 Jahren impfen lassen. Besaß sie überhaupt so etwas wie einen Impfausweis? Bald wird sich das Wundfieber einstellen.*

Ihrer Peiniger würden ihr keine Hilfe bringen, sondern ihr höhnisch ins Gesicht lachen und sich an ihrem Leid ergötzen. Für sie war sie nur eine weitere Spielfigur, an der sie ihre perversen Fantasien ausleben konnten. Für ihre Peiniger war sie austauschbar. Ein kalter Schauer lief ihr über den Rücken. Die Fingerkuppen ihres Mittel- und Zeigefingers brannten wie Feuer und begannen zu pochen. Eine Aspirin oder ein paar Novalgintropfen. Das könnte ihr ein wenig Erleichterung verschaffen. Sie wusste nicht, was ihr mehr Schmerzen bereitete ihre Nase,oder die Finger ihrer linken Hand. Mit Medikamenten würde sie wenigstens etwas schlafen können. Was würden diese Drecksäcke ihr als Nächstes antun? Tränen liefen ihre Wangen hinab. Wenn man sie nicht bald fand, würde sie hier unten krepieren. Bestimmt suchte niemand nach ihr. Die meisten ihrer Freunde und ihre Familie waren es gewohnt, auch mal eine Zeitlang nichts von ihr zu hören.

Bis auf Konni, dachte sie. Hoffentlich hatte Konni die Polizei alarmiert. Eines musste sie ihren Peinigern lassen, sie hatten die Sache gut eingefädelt. Sie hatten nicht einfach die erstbeste Frau genommen, die ihnen über den Weg gelaufen war. Sie hatte sie ausgewählt, weil sie nicht allzu viele soziale Kontakte hatte. Sie selbst arbeitete als freie Texterin und wurde sehr oft gebucht. Sie war keine Millionärin, aber es reichte zum Leben. Zu ihrem Kundenkreis gehörten unter anderem die Firmen Samsung und AVM aber auch Bekleidungsgeschäf-

te wie Ador. Durch ihr Fernstudium im Seo –
Texten hatte sie fast immer ein volles Auf-
tragsbuch. Aber es kam auch mal vor, dass sie
mal ein paar Wochen nichts zu tun hatte. Doch
konnte Sybille diese Zeiten immer gut über-
brücken, da sie immer sehr sparsam gelebt hatte. Aber selbst wenn ihre Freundin die Polizei
alarmiert hatte, wusste die Polizei überhaupt,
wo sie suchen mussten. Nahm die Polizei eine
Vermisstenmeldung nicht immer erst nach 48
Stunden auf, oder waren es 24 Stunden? Sybille wusste es nicht genau. Ihr Mittel- und Zeigefinger schienen auf die Größe einer Bratwurst angeschwollen zu sein. Sybille versuchte, die Schmerzen zu ignorieren, was ihr aber
nur mit mäßigen Erfolg gelang. Wie lange
würde man sie jetzt in Ruhe lassen? Eine Stunde oder zwei? Oder für den Rest des Tages?
Sybille war müde, wie sehr wünschte sie sich,
einzuschlafen und in ihrem weichen Federbett
aufzuwachen, um festzustellen, dass das alles
nicht mehr, als ein schlimmer Traum gewesen
ist. Ihre Nase schien den Umfang eines Fuß-

balls zu haben. Jeder Atemzug brachte weitere Schmerzen mit sich. Die Schmerzen schienen Sybille in den Wahnsinn zu treiben. Aber gab es nicht ... dann erinnerte sie sich an einen Film. Einen Horrorfilm, den sie vor einigen Jahren mal gesehen hatte. In diesem Film ging es um ein Mädchen, welches von ihrer Pflegemutter und deren Kinder gefoltert worden war. Sie konnte sich nicht mehr genau an den Titel erinnern. Nur daran, dass der Film wohl auf das Buch eines bekannten Autors basierte, der vor ein paar Jahren gestorben war. Der Name des Schriftstellers war Jack Ketchum, der Autor war vor vier Jahren gestorben. Sybille hatte immer mal das Buch lesen wollen, war dazu, aber bisher nicht gekommen. Damals hatte sie den Film faszinierend doch gleichzeitig abstoßend gefunden. Sie hatte sich noch gefragt, warum dieser Film in Deutschland nicht verboten worden war. Der Originalfilm gefiel ihr besser. Der Film an American Crime, war zwar auch heftig, aber nicht so übertrieben wie Evil und näher am wahren Fall. Wie konnten Menschen nur so grausam sein? Sie wollte auch träumen, aber sie konnte nicht, sie musste wachsam sein. Sie musste darauf achten, dass ihre Peiniger einen Fehler begingen, den sie zur Flucht nutzen konnte. Sie musste versuchen, die Schmerzen ihres Körpers zu verdrängen. Wäre sie ein Shaolin - Mönch, wäre das kein Problem. Sie hatte sich mal eine Zeitlang mit japanischer Kampfkunst beschäftigt. Jedoch nie selbst an einem Selbstverteidigungskurs teilgenommen. Auch hatte sie nie eine Kampfsportart gelernt, obwohl sie das, nachdem sie die Dokumentation gesehen hatte, in Erwägung gezogen hatte. Sie hatte es aber bis heute nicht geschafft, sich in einer Kampfsportschule anzumelden. Warum nur hatte sie das nicht ehr getan? Warum hatte sie sich nicht Pfefferspray oder CS - Gas gekauft? *Weil wir insgeheim immer davon ausgehen, dass so etwas wie in den Nachrichten uns selbst nie passiert.* Sybille hatte immer geglaubt, dass ihr so etwas nie passieren würde. , schoss es ihr in den Kopf. Dass so etwas höchstens Leute mit viel Geld, wie Geschäftsleute von Banken oder Inhaber von Millionen schweren Unternehmen entführt wurden, weil bei denen etwas zu holen war. Dass es einmal sie selbst einer Frau aus der Mittelschicht treffen sollte, daran hatte Sybille im Traum nicht gedacht.

Leider lernte man immer erst aus seinen Fehlern, wenn es fast zu spät war.

Sollte ich das hier überleben, werde ich diese Fehler korrigieren, *es sollte nie wieder jemand wagen, mich anzufassen.* , schoss es Sybille in den Kopf.

Sie fror. Bekam sie Fieber? Wenn sie jetzt eine Infektion erhielt, würde sie das in ihrem Zustand nicht überleben. Hatten diese Kerle nicht gesagt, sie wollten sich um die Verletzungen, die sie ihr beibrachten kümmern, damit sie möglichst lange etwas von ihr hatten? Wo waren die Schweine denn jetzt? Aus ihren Fingerkuppen floss Eiter und Wundsekret. *Das wird mit Sicherheit eine heftige Infektion,* dachte sie.

Kapitel 3 Rettung in der Not

Ihre Fingerkuppen waren warm und pochten. Sybille riskierte einen weiteren Blick auf ihre linke Hand. Schorf hatte sich um die eitrigen Stellen gebildet. Wie lange war sie bereits hier? Tage, Stunden oder eine Woche? Sie wusste es nicht. Da es ständig dunkel um ihr herum war, konnte Sybille nicht mal sagen, ob es Tag oder Nacht war. *Wenigstens war so auf dem Stuhl schön weich.* , dachte sie noch und musste innerlich grinsen.

Das Längste, was eine Spielfigur durchgehalten hat, war eine Woche, hallte die Stimme ihrer Peiniger in ihrem Kopf wieder.

Wenn es doch schon vorbei wäre, die Polizei würde sie niemals finden. Diese Hoffnung hatte sie vor einigen Stunden oder waren es Tage aufgeben. Wo sollte man auch suchen? Vielleicht hatte man sie auch mehrere hundert Kilometer weit fortgeschleppt? Sie hatte noch nicht einmal gewusst, wie lange sie ohne Be-

sinnung gewesen war. Sybille hatte den Eindruck, als wäre sie schon seit Monaten hier.
Wenigstens hatte sie jetzt keine Verantwortung
mehr, dabei musste sie innerlich grinsen. Ihr
etwas eigenartiger Humor war das Einzige,
was sie davon abhielt, nicht völlig den Verstand zu verlieren. Schweiß stand ihr auf der
Stirn.

*Es machte sie geil, es machte diese Kerle
geil sie leiden zu sehen.* Diese Kerle waren,
wie nannte die noch mal? Masochisten? Eine
Schüttelfrostattacke überkam ihren Körper.
Sybille schluchzte. Damit hatte sie gerechnet
eine Infektion, die sich zur Tetanus oder einer
Blutvergiftung ausbreitet. Wenn sie nicht bald
Hilfe bekam, wäre es zu spät. Sie fror, ihr Fieber stieg und ihr war schlecht. Gleichzeitig
fühlte sie eine innere Hitze, fast wie in einem
Backofen. Dann wäre es vorbei. Sybille atmete
schneller, ihr Herz raste. Wer würde sie bis auf
Konni denn schon vermissen? Sie hatte das
Gefühl sich jede Sekunde übergeben zu müs-
sen. Ihr Magen drehte sich um, Sybille würgte,

dann kotzte sie auf ihren Schoß. Der süßliche Geruch von erbrochenem Speisebrei erfüllte die Luft.

Wie konnten Menschen so eine Prozedur nur geil finden? Was waren das für kranke Subjekte, die ins Internet gingen, um sich an den Qualen einer ihr fremden Person zu ergötzen, und aufzugeilen? In was für einer perversen Welt leben wir eigentlich? Diese Welt war einfach nur krank, dachte Sybille. Hoffentlich beendeten sie es heute? Dann wären ihre Qualen vorbei und sie wäre kein Teil mehr dieser gestörten Welt, in welcher man Frauen leiden ließ, damit sich irgendwelche Subjekte daran ergötzen konnten. Eine weitere Schüttelfrostattacke überkam sie. Sybille fühlte sich elend, der ganze Raum schien sich um sie herum zu drehen. War sie wach oder träumte sie das alles nur? Ihr Muskeln zogen sich unkontrolliert zusammen, fingen dann an sich wieder zu entspannen. Sybille zitterte wie Espenlaub. Kalter Schweiß stand ihr auf der Stirn. *Schlafen,* dachte Sybille, inzwischen war es ihr egal, ob sie gerettet wurde oder nicht, sie wollte nur noch die Augen schließen und schlafen. Erneut zogen sich ihre Muskeln unkontrolliert zusammen, um anschließend wieder zu entspannen. In diesem Zustand fühlte sie keine Schmerzen. Sie hatte das Gefühl, als würde sie fliegen hoch oben über den Wolken. Die Wolken waren weich wie Watte. Nur manchmal flog Sybille durch ein Luftloch, dann wurde ihr Köper geschüttelt und ihre Muskeln zitterten.

Die Tür öffnete sich, doch Sybille nahm ihre Umgebung gar nicht mehr wahr. Sie war nicht in einem Verlies oder Keller eingesperrt, sondern sie flog hoch über den Wolken der Sonne entgegen. Stimmen, Schritte, das alles nahm sie gar nicht mehr wahr. Sie war entkommen, entkommen aus dieser Hölle und flog hoch über den Wolken. Sie flog heim. In dieser Sekunde war sie davon überzeugt, dass sie den Alptraum überlebt hatte. Ihr Körper war geheilt, nicht eine Narbe oder Brandwunde zierte ihre Haut. Ihre Haut war so rein wie der Honigtopf einer Biene. Die Schmerzen in ihren Händen und Füßen waren Vergangenheit und die Erinnerung an diese Zeit schien überhaupt nicht vorhanden zu sein. Wahrscheinlich hatte sie das alles nur geträumt. Sybille war so in ihrem Traum gefangen, dass sie gar nicht mitbekam, wie sich die Tür öffnete und ihre Peiniger den Raum betraten. Sie fühlte, wie Finger ihre Stirn berührten.

„Hey wir müssen ihr eine Paracetamol oder sowas geben, unsere Spielfigur hat Fieber, außerdem scheint sie Schüttelfrost zu haben, so wie ihr Körper zuckt.", vernahm Sybille die Stimme eines Mannes.

„Hey Bob geh rauf besorg ein paar Novalgin, dann hält sie noch ein wenig durch." ,sagte der Mann.

Sybille spürte wie Hände sanft über ihr Haar strichen.

„Nicht wahr, du wirst uns doch noch nicht verlassen oder? Du machst noch ein wenig kleines Pferdchen nicht wahr? Ein paar Spielrunden schaffst du noch.", flüsterte ihr der Mann ins Ohr.

Sybille schüttelte sich. Ekel stieg in ihr auf, als dieser Mistkerl ihr einen Kuss auf die Wange drückte.

Sybille stöhnte, angewidert drehte sie ihr Gesicht zur Seite. Der Mann schaute ihr in die Augen und sagte: „Wie wäre es, wenn wir dir heute ein Auge ausstechen, na würde dir das nicht gefallen?"

Ihr Peiniger lachte schallend. Ein kalter Schauer lief ihr über den Rücken.

Sybille vernahm Schritte, wahrscheinlich war der Mann mit den Medikamenten zurückgekehrt. , dachte sie.

„Hier ich habe eine Packung entzündungshemmende Tabletten gefunden.", sagte der Mann.

„Gib ihr eine davon und dann lass uns verschwinden, dass Spiel geht erst weiter, wenn es unsere Spielfigur ein wenig besser geht. Wir wollen doch möglichst lange etwas von ihr haben.", sagte der Mann, den Sybille für den Anführer hielt und lachte.

Einer ihrer Peiniger machte sich an ihrem Knebel zu schaffen, während ein weiterer Mann das Taschentuch aus ihrem Mund holte.

Sybille hustete, als sie von dem Knebel befreit wurde.

„Wirst du auch schön artig sein und nehmen was wir dir geben, ansonsten haben wir Mittel und Wege dich zu überzeugen, ich hoffe, das weißt du.", sagte einer der Männer. Sybille nickte.

Ein bitterer Geschmack legte sich auf ihre Zunge, als der Mann ihr die Tablette gab. Eine Sekunde lang spielte sie mit dem Gedanken, dem Mann in den Finger zu beißen, verwarf den Gedanken jedoch wieder, weil sie das garantiert bereuen würde. *Das alles tun sie nur, damit sie mich noch länger quälen können. Wenigstens wären die Schmerzen und Fieberattacken weg.* , dachte Sybille.

Sybille trank gierig, als der Mann ihr das Glas Wasser reichte. Selten hatte sie sich so über etwas zu trinken gefreut, wie in den vergangenen Stunden.

Die Männer drehten sich um und ließen sie allein. Als die Wirkung der Medikamente einsetzte, ließen die Schmerzen in den Fingerkuppen nach. Sybille atmete auf. *Endlich ein wenig Erleichterung,* dachte sie. Bis sie in einen erholsamen Schlaf fiel. Als sie erwachte, fühlte sie sich besser. Die Schmerzen hatten nachgelassen und das Fieber schien gesunken zu sein. Sie hatte Durst und sie hatte Hunger. Wie lange hatte sie geschlafen? *Der Schlaf ist eher einer Ohnmacht gleichgekommen*, dachte sie. Ihr Kopf fühlte sich leicht an, fast als wäre er in Watte gepackt. Sybille versuchte ihre Arme sich zu bewegen, aber es ging nicht. Sie hatte die leise Hoffnung besessen, dass die vergangenen Stunden oder Tage, nur ein Alptraum gewesen waren. Sie fühlte sich matt.

Warum fesseln sie mich überhaupt noch? In meinem momentanen Zustand *habe ich eh nicht die Kraft mich zu wehren. ,* dachte sie.

Die Tür zu ihrem Verlies öffnete sich, und die Männer traten ein. Sybille lief ein kalter Schauer über den Rücken, als sie die Schritte zählte und ihr Gelächter hörte. Alles in ihrem Inneren zog sich zusammen. Sybille spürte wie Finger langsam über ihr Gesicht und durch ihre Haare fuhren. Dann packten Hände ihre Bluse und rissen sie auf.

Also doch, jetzt ist es so weit, die Kerle werde mich ficken. , dachte sie. Damit hatten sie sich echt Zeit gelassen. Sybille wimmerte. Ihr Verstand driftete ab. Die einzige Möglichkeit, die Sache zu überleben, war wenn sie ihren Geist und ihre Seele auf eine Reise schickte.

Hieß sie überhaupt Sybille? War ihr Name nicht Nicole und war sie nicht erfolgreiche Unternehmensberaterin? Und in ihrer Freizeit *betrieb sie Kickboxen.*

Der Geruch von verbrannter Haut stieg ihr in die Nase und obwohl sich eine glühend heiße Klinge langsam durch ihre Bauchdecke fraß, verspürte Sybille keine Schmerzen. Den Geruch von verbranntem Fleisch nahm sie in dieser Sekunde, nur noch am Rande wahr.

Die Tür wurde aufgestoßen, Schreie erklangen, Stimmen riefen, dann fiel ein Schuss. Der Schuss war ohrenbetäubend. Für einige Sekunden war Sybille taub. Finger machten sich an ihrem Knebel und an ihren Fesseln zu schaffen. Jemand legte sie sanft auf den Boden, anschließend wurde Sybille auf eine Trage gelegt und mit einem Krankenwagen ins Krankenhaus gefahren. Sybille hatte das Gefühl, als ob eine ihr fremde Person ins Krankenhaus gebracht wurde und sie selbst nur stille Beobachterin der Szene war. Sie spürte, nicht einmal den Einstich der Nadel, als man ihr eine Spritze verabreichte. Dann driftete sie erneut ab.

Sybille erwachte im Krankenhaus, wie war sie hier hergekommen? Was war passiert. *Der LKW, die regennasse Fahrbahn? Wie erging es dem LKW Fahrer, war er ...?*

Die Tür zu ihrem Zimmer öffnete sich, eine Schwester und ein Arzt betraten das Krankenzimmer.

„Guten Morgen, können Sie mir bitte Ihren Namen sagen?", frage der Arzt.

Sybille schaute ihn eine Zeitlang wortlos an. Was zu Hölle wollte der Kerl von ihr.

„Entschuldigen haben Sie mich nicht verstanden, ich bräuchte Ihren Namen und Ihre persönlichen Daten.", sagte der Mann in Weiß.

„Mein Name ist Nicole ... , sagte Sybille.

Heiligabend

Tom hetzte durch die belebten Einkaufsstraßen. Menschen schubsten, fluchten und drängelten sich durch die Gassen um die letzten Besorgungen für das heilige Fest zu machen. Es roch nach Zimt und Bratäpfeln und irgendein dicklicher Mann mit weißem Bart sang I´m dreaming vor the White Christmas vor einem Spielzeugladen. Männer mit dicken Bäuchen standen lallend am Glühweinstand. Wie konnte man sich in so einer Zeit nur besaufen, diese Leute konnten ihm fast leidtun. Hatten sie keine Frau oder Kinder, um die sie sich kümmern mussten? (Falls doch wäre dieses Verhalten mehr als nur verantwortungslos.) Tom ballte die Hände zu Fäusten, er hasste das Lied und er hasste diese ganze scheiß Heuchelei. Die Geschäfte waren mit Girlanden und Holzvertäfelungen verziert, in denen Lichterketten hingen. Tom verstand nicht warum die Leute zu Weihnachten überall Kerzen, Engel und Kugeln aufhingen. Wer von denen ging den abgesehen von Heiligabend wirklich in die Kirche? Dann dieser Scheiß mit dem Weihnachtsbaum, was sollte das? Wenn er einen Baum sehen wollte, würde er in den Wald gehen, dort gab es lebende Bäume. Das ganze Jahr über war Tom Zuhause in Washington, er war Texter von Beruf und schrieb für die unterschiedlichsten Auftraggeber Artikel, Kochbücher oder Produktvorstellungen für Firmen. Manchmal schrieb er auch Kurzgeschichten oder Romane. Leben konnte er von seiner Tätigkeit als Texter zwar nicht, aber er würde diesen Beruf gegen keinen Beruf der Welt eintauschen, auch wenn er mit einer Tätigkeit im Büro wahrscheinlich wesentlich mehr verdienen würde. Es war Heiligabend, seine Frau Sophia hatte heute Einsatzbereitschaft bei der Feuerwehr und würde erst morgen früh von der Nachtschicht nach Hause kommen. Seine Frau und er selbst wollten sich nichts schenken, auch seine Neffen und Nichten bekamen nichts von ihm außer einer Weihnachtskarte. Er sah seine Neffen und Nichten eh nur selten, vielleicht einmal im

Jahr. Von seinen Geschwistern wollte Tom eh nichts wissen, da sie ihn nicht akzeptierten, was er tat, außerdem hatte sie keine Ahnung von diesem Beruf. Er würde mit niemanden von ihnen tauschen wollen, nur weil sie ein wenig mehr Geld verdienten. Was brachte einem das ganze Geld, wenn man nicht mehr glücklich war? Ein Passant rempelte Tom von der Seite an und rief: „Pass doch auf, hast du keine Augen im Kopf?" Tom ignorierte ihn, als die ersten Schneeflocken auf seiner Jacke landeten. Schnee auch das noch? Tom hasste Schnee, er mochte ihn nicht auch nicht am Heiligabend. Tom beschleunigte seine Schritte er wollte nur noch eines nach Hause, die Einkaufstüten in seinen Händen wurden mit jedem Schritt schwerer, er hatte einen Rindergulasch, einen Rotwein, einen Jim Beam Double Oak und einen Liter Milch gekauft. Morgen Mittag (Meistens eher abends oder später Nachmittag wenn seine Frau von der Nachtsicht kam) wollte er seine Frau verwöhnen und ihr ein besonderes Essen kochen. Dazu ein Glas Rotwein und vor dem Schlafen gehen, dann noch ein Glas Whisky und der Abend wäre perfekt. Man musste sich nichts schenken, die meisten Kinder wussten doch eh nicht warum die Leute Weihnachten feierten und was es mit dem Heiligabend wirklich auf sich hat. Was war das nur für eine Welt? Eine Frau mit einem Kind an der Hand rempelte ihn an, dann rief sie: „Pass doch auf, hast du keine Augen im Kopf?"

Tom reagierte nicht, sondern schüttelte nur den Kopf, als die Frau dem plärrenden Baby an ihn vorüber ging, ohne ihn eines Blickes zu würdigen. Das war es, was er meinte, Weihnachten war das Fest der Heuchler. Man traf sich mit seinen Eltern, die man wohl wissentlich in ein Altenheim abgeschoben hatte und bei denen man eh nur als Pflichtbesuch an Tagen wie Weihnachten, Ostern oder an Geburtstagen vorbeischaute, um sie anschließend wieder zu vergessen. Seiner Meinung nach wurde zu keiner Zeit des Jahres mehr gelogen wie an Weihnachten. Die Menschen waren Heuchler und Schauspieler, (die in Wahrheit nur ihren eigenen Vorteil sahen), dachte Tom. Diese gesamte Weihnachtszeit ging ihm am Arsch vorbei. Tom atmete erleichtert auf, als er seine Wohnungstür erreichte. Als er in den Hausflur trat, roch es nach Bratwurst. Bratwurst und Kartoffelsalat, dachte Tom, das typische Weihnachtsessen. Nur die Menschen von der älteren Generation aßen an den Feiertagen eine Gans, oder eine Ente. Bei dem Gedanken daran lief ihm das Wasser im Mund zusammen und sein Magen meldete sich. Als er gerade dabei war die Haustür aufzuschließen, trat Frau König in den Hausflur und sagte: „Entschuldigen Sie Herr Winkler frohe Weihnachten, aber ich habe einige Pakete und Päckchen für Sie angenommen. Könnten Sie bitte kurz warten, ich hole sie."

Na toll, dachte Tom. Pakete, Päckchen? Wer sollte ihm ein Paket oder ein Päckchen senden? Seine Geschwister, das taten sie doch sonst nicht. Seine Frau hatte keine Geschwister, sie war Einzelkind gewesen und ihren Eltern waren bereits seit einigen Jahren tot. Doch was Tom sah, als Frau König wieder kam, verschlug es ihm die Sprache. Die Frau brachte nicht nur ein, zwei Pakete nein, Frau König kam gleich mit einem ganzen Einkaufskorb voller Frachtgut schön bunt verpackt von unterschiedlicher Form und Größe. Tom schätzte, dass es sich um weit mehr als vierzig Pakete handelte.

„Frau König sind Sie sicher, dass diese Päckchen alle für mich sind?", fragte Tom.

„Überall steht Ihr Name und Ihre Anschrift drauf, nehmen Sie und überzeugen Sie sich selbst. Den Korb können Sie mir die Tage zurückgeben und frohe Weihnachten."

„Vielen Dank auch Ihnen ein frohes Fest.", sagte Tom und runzelte die Stirn, als der den Korb entgegennahm.

Tom trat in seine Wohnung und stellte den Korb auf den Küchenboden ab. Anschließend wählte er die Nummer seiner Frau. Seine Frau würde ihm die Geschichte niemals abkaufen.

„Der Teilnehmer ist zurzeit nicht erreich-
bar.", meldete sich eine monotone Stimme.
Tom stecke das Smartphone wieder in die Hosentasche und betrachtete neugierig die Pakete.
Auf alle Paketen standen ohne Zweifel sein
Name und seine Adresse. Tom runzelte die
Stirn, wer verschickte knapp dreißig Pakete?
Die Handschrift war überall dieselbe, soweit er
das mit seinen laienhaften Kenntnissen beurteilen konnte. Irgendjemand schien viel Zeit
und Geld zu haben. Tom nahm ein Küchen-
messer aus der Schublade und begann langsam
das Klebeband des erstens Päckchen aufzu-
schneiden. Im Innerem befand sich Papier und
Plastikfolie. Tom griff abermals mit der Hand
in das Paket. Er spürte etwas Hartes, es ließ
sich nicht eindrücken. Doch als er den Gegen-
stand hinaus holte, stockte ihm der Atem. In
seiner Hand hielt er den abgetrennten Fuß einer Frau. In Panik riss er die anderen Pakete
auf. Er fand einen rechten Arm, eine linke
Hand, an welcher ein goldener Ehering steckte. Das konnte doch nicht wahr sein, wollte

sich jemand einen Scherz mit ihm erlauben? Was war das für ein krankes Schwein? In dem größten Paket fand er den Kopf seiner Ehefrau.

Dein Garten

Es ist ein schöner Tag, als ich draußen auf der Terrasse sitze. Die Sonne scheint, Vögel zwitschern, die Geranieren und Tulpen blühen, außerdem Narzissen und Butterblumen. Ich habe mir einige Tomaten und Zwiebeln aus dem Garten geholt. Aus dem Garten, den du immer so gut gepflegt hast. Heute Mittag mache ich mir wahrscheinlich ein paar Bratkartoffeln. Bratkartoffeln mit Speck und dazu ein saftiges Steak. Du kannst wahrscheinlich immer noch nicht verstehen, wie man Fleisch essen kann. Bei dir gab es immer nur Tofu oder Salat. Nicht gegen einen leckeren saftigen Salat mit Rucola auch den hole ich mir aus deinem Garten. Du hast recht, so ein Garten ist praktisch, man muss nicht mehr so viel einkaufen und man spart dadurch echt Geld. Du hast meine Hochachtung dafür, dass du so viel Energie und Hingabe in den Garten steckst und ihn hegst und pflegst, als wäre er ein Kind. Kinder ich wollte immer Kinder, aber du, du wolltest nie welche haben. Du hattest Angst davor keine Zeit mehr, für deinen Garten zu haben. Du wolltest immer viel Zeit draußen an der frischen Luft verbringen in deinem Garten. Die Fische im Teich müssen noch gefüttert werden, das werde ich heute Abend tun, du bist ja nicht da. Ich weiß bei dir würde es so etwas nicht geben, bei dir musste jeden Tag der Garten durchgehakt und nach Unkraut oder verwelkten Blättern gesucht werden und das dreimal täglich. Es war echt schon eine Zwangsneurose. Ich hatte dir meine Hilfe angeboten, aber du wolltest ja nicht zu einem Psychologen gehen oder eine Therapie machen. Laut deinem Wortschatz waren Psychologen etwas für Geisteskranke und du warst ja nicht gestört, um es mit deinen Worten zu sagen.

Ich sitze hier draußen mein Schatz, genieße die frische Luft und esse dabei ein Butterbrot mit Tomaten, Knoblauch und Chili. Du hast recht mein Schatz, so frisches Gemüse aus dem Garten schmeckt in der Tat besser als dieses wässrige Gemüse aus dem Supermarkt. Diese Tomaten schmecken noch nach Tomaten, manchmal fragen die Nachbarn oder Freunde nach dir. Ich sage immer, du bist abgehauen, hast mich hier sitzen lassen, wegen eines anderen Typen. Einen Mann, der dir finanziell mehr bieten kann, als ich. Jetzt denken alle, du seist eine kleine miese Schlampe. Du bist bei ihm ich weiß, dass du bei ihm bist. Es ist wirklich schön den Rotkehlchen beim Baden, in der Wasserschale zu zusehen. Ihr Gesang hat etwas Beruhigendes, besonders nach einem harten stressigen Arbeitstag. Danke Darling, dass du mir in dieser Beziehung die Augen geöffnet hast. Dein Lieblingsplatz sieht richtig gut aus, da fällt mir ein, ich muss den Spaten und den Hammer noch von deinem Blut reinigen. Sag mir mein Engel, wie gefällt es dir jetzt da unten bei deinen Tulpen unter deinen Lieblingsblumen? Du hattest recht Schatz, so ein Garten ist doch etwas Schönes.

Gehe nicht in den Keller

Timmy erwachte. Er lag in seinem Bett und hatte Durst. Der Blick auf die Uhr verriet ihm, es zwei Uhr nachts. Er schaltete die Nachttischlampe an und öffnete leise Zimmertür. Seine Mutter schlief nebenan, sein Vater war bei der Arbeit. Er war Nachtwächter in einem Spielzeugladen. Der Laden hieß Spielzeugland oder so ähnlich. Daddy hatte mal ein buntes Prospekt mitgebracht. Da waren viele schöne Sachen drin gewesen, die er am Liebsten alle gehabt hätte. Autos, Ninjago Actionfiguren, Ritter und Piraten von Lego. Immer wenn Daddy einen weiteren Katalog mitbrachte, entdeckte er neue schöne Dinge, die er gern haben wollte. Leider waren viele Spielsachen sehr teuer und so viel verdienten seine Eltern nicht, dass sie ihm jedes Mal ein neues Teil mitbringen konnten. Dies verstand er mit seinen acht Jahren sehr wohl. Seine Mami sagte immer, „Man kann nicht alles haben mein Schatz, aber das Christkind und deine Eltern versuchen so viel wie geht möglich zu machen. Aber wir müssen auch noch leben und brauchen auch etwas zu essen und zu trinken."

Das hatte Timmy verstanden. Im Fernsehen sah er manchmal Leute, die große Autos fuhren, ein eigenes Boot besaßen und ein riesiges Haus hatten. Sie selbst hatten auch ein Haus aber nicht so ein großes wie die Leute im Fernsehen. Das war nicht fair, fand Tommy. Warum gab es Leute, die sich alles leisten konnten und andere mussten dafür sparen? Warum tat der liebe Gott nichts dagegen, dass das Geld gerechter verteilt wurde? Warum mussten Mama und Papa so viel arbeiten, dass sie immer müde waren, wenn sie von der Arbeit nach Hause kamen, während andere Menschen, die viel Geld hatten, machen konnten, was sie wollten? Manchmal wünschte sich Timmy, dass seine Eltern mehr Zeit für ihn hätten, damit sie häufiger gemeinsam im Garten oder auf dem Sportplatz Fußball spielen konnten. Eines Tages wäre er selbst Politiker, dann würde er alles anders machen.

Langsam schlich Timmy über dem kalten Laminat in Richtung Küche. Er schalte das Licht an und öffnete die Kühlschranktür. Doch es waren weder Milch noch Saft vorhanden. Timmy schloss den Kühlschrank und ging in den Keller. Im Keller musste noch etwas sein. Der Keller war alt, Daddy wollte ihn renovieren, war aber bisher noch nicht dazu gekommen. Timmy schluckte, er mochte es nicht in den Keller zu gehen, aber sein Durst war so groß, dass er sich überwinden musste. Er konnte auch zu seinen Eltern ins Schlafzimmer gehen und sie fragen, ob die in den Keller gehen würden, um ihn eine Packung Orangensaft nach oben zu bringen. Aber seine Eltern brauchten den Schlaf, denn sie hatten morgen einen anstrengenden Tag vor sich. Mit weichen Knien und zitternden Händen ging Timmy langsam Stufe für Stufe hinab. Seine Hände umklammerten das Geländer so fest, dass seine Knöchel ganz weiß wurden. Die alte Glühbirne die an einem grauen Kabel von der Decke herab baumelte, tauchte die Umgebung in gleißendes

Licht, in welchem dunkle Schatten an den Wänden tanzten. Vorsichtig setzte Timmy einen Fuß auf den Boden, zog ihn aber gleich wieder zurück, als bestünde der Boden aus glühenden Kohlen. Das Herz in seiner Brust hämmerte wie eine Lokomotive. Timmy schloss die Augen, dann sagte er: „Das ist nur ein Keller, ganz ruhig hier unten ist nichts, was dir etwas tun kann. Das ist nur ein Keller."

Sein Herzschlag normalisierte sich, dann setzte er vorsichtig einen Fuß in den Keller hinein. Seine Knie zitterten. Plötzlich schlug die Tür hinter ihm zu. Timmy erschrak, griff sich mit einer Hand an die Brust und sah sich um. Um ein Haar hätte er das ganze Haus zusammen geschrien. Das war nur Zugluft, sagte er sich und setzte seinen Weg nach unten fort, er bemerkte nicht, nicht die roten Augen, die ihn aus einer dunklen Ecke heraus beobachteten, Timmy hatte den Eindruck etwas gehört zu haben. Es klang wie ein Schnaufen. Erschrocken blickte er sich um und konnte aber nichts entdecken. Er sollte nicht hier sein. Sei-

ne Nackenhaare richteten sich auf. Panik überkam ihm. Egal, dachte er, dann gab es eben
Wasser aus dem Wasserhahn. Irgendwo in der
Dunkelheit vernahm Timmy ein leises Atmen.
Timmy schloss die Augen, das ist nur deine
Fantasie, sagte er. Geister und Monster gab es
nur in Comics und im Fernsehen. Timmy vernahm, ein leises Knurren. Wo kam das her?
Fast hätte er aufgeschrien und gefragt wer da
sei, doch dann sagte er sich, dass es besser
wäre, so leise wie möglich zu sein. Plötzlich
packte ihn eine Kralle am Pyjama, noch ehe
Timmy Zeit fand, um Hilfe zu schreien, war er
auch schon in der Dunkelheit verschwunden.

Als die Eltern am nächsten Morgen aufstan-
den, waren sie überrascht, dass ihr Sohn Timmy noch im Bett lag, normalerweise war immer schon um sieben Uhr wach und sah sich
Zeichentrickfilme wie Scoby Do oder Inspek-
tor Gadget im Fernsehen an. Aber heute schien
er länger zu schlafen, als Timmy um elf immer
noch nicht aufgestanden war, betraten sein Va-

ter und Mutter das Zimmer, aber das Bett war leer. Freunde, Bekannte und Verwandte begannen nach Timmy zu suchen. Sogar die Hundertschaft der Polizei, der THW und das Deutsche Rote Kreuz halfen mit, den Jungen zu finden. Aber außer einigen Blutflecken im Keller wurde nichts gefunden, nicht eine Locke von Timmy Haar oder ein Faden von seinem Schlafanzug. Seine Eltern gerieten ins Visier der Ermittlungen und die Polizei war überzeugt, dass sie etwas mit Timmys verschwinden zu tun hatten, konnten die den Eltern jedoch nicht nachweisen.

Der Schattenmann

Hattet ihr auch schon einmal das Gefühl, dass nachts wenn es im Haus ruhig ist, jemand bei euch im Zimmer steht? Dass etwas bei euch ist, obwohl es eigentlich gar nicht sein kann, da alle Türen und Fenster verschlossen sind? Habt ihr auch die dunkle unheilvolle Aura des Bösen gespürt? Habt ihr eine dunkle schemenhafte Gestalt bei Mondschein in eurem Zimmer stehen sehen? Eine Gestalt die euch während des Schlafens beobachtet? Seid ihr vor Furcht erstarrt, dann hattet ihr Glück, egal wie furchterregend diese Gestalt auch ist, lasst sie nicht wissen, dass ihr ihre Anwesenheit wahrnehmt. Sonst kann es sein, dass der Schattenmann euch mit fortnimmt in sein Reich der Schatten. Bestimmt habt ihr euren Eltern am Frühstückstisch vom Schattenmann erzählt und sie haben euch gesagt, das war nur ein Traum. Wahrscheinlich sind sie mit euch durch euer gesamtes Zimmer gegangen, haben Schränke, Schubläden geöffnet und unter eurem Bett nachgesehen, um euch zu zeigen, dass der Schattenmann nur in euren Träumen oder eurer Fantasie existiert. Vielleicht haben sie euch einen Bannspruch gegeben, der den Schattenmann fernhalten soll. Seitdem habt ihr wahrscheinlich nie wieder euren Eltern von diesem unheilvollen Wesen erzählt, welches nachts in eurem Zimmer steht und euch beobachtet. Wie oft wärt ihr in der Nacht am Liebsten zu eueren Eltern gerannt, um zu ihnen ins Bett zu kriechen und euch an sie zu kuscheln? Warum habt ihr es nicht getan? Hattet ihr Probleme, euch zu bewegen? Schien es, als ob ein zentnerschwerer Sack Zement auf eure Brust liegt und euch tief in die Matratze drückt? Hattet ihr das Gefühl, als ob sich eure Kehle langsam zuschnürte? Hattet ihr Atemprobleme und den Eindruck, ihr müsstet langsam ersticken? Hättet ihr am Liebsten laut aufgeschrien, doch eure Kehle war so trocken, dass ihr nicht mal leise krächzen konntet? Lasst den Schattenmann nicht wissen, dass ihr wach seid. Ist nicht vor kurzem der Nachbarsjunge von nebenan spurlos verschwunden und was ist mit all den anderen Kindern, die am nächsten Morgen nicht wieder aufgewacht sind? Plötzlicher kindstot heißt es meistens, oder Herzversagen. Die Erwachsenen haben ihn vergessen, im Alter vergessen die Menschen, sie vergessen die Schrecken die sie als Kind nachts in ihrem eigenen Kinderzimmer erlebt haben und sie glauben nicht mehr. Obwohl tief in ihrem Innerem verborgen erinnern sie sich an die Nächte, in denen der Schattenmann an ihrem Bett stand, um sich an ihrer Angst zu weiden. In Marienheim sind viele Kinder am plötzlichen Kindstod gestorben und auch im Rest der BRD scheinen die Fälle des plötzlichen Kindstods zu zunehmen.

Karl war zehn Jahre alt, als er eines Nachts erwachte und eine schemenhafte Gestalt in seinem Zimmer zu sehen glaubte. Eine seltsame eisige Kälte schien sich in seinem Zimmer auszubreiten. Seinen Plüschtiger festumschlungen starrte er mit weit aufgerissenen Augen in die Ecke neben dem Schrank und der Heizung, in welcher er eine schattenhafte Gestalt zu erkennen glaubte, die ihn beobachtete. Wer war diese Gestalt? Wie war sie in sein Zimmer gekommen? Handelte es sich um einen Einbrecher? Wenn ja warum durchwühlte er nicht seine Schränke, das taten Einbrecher doch normalerweise oder nicht? Karl wollte schreien, wollte zu seinen Eltern rennen oder sie rufen. Doch er konnte sich nicht bewegen. Kalter Schweiß stand ihm auf der Stirn. Seine Kehle war wie zugeschnürt. War das ein Traum? Mit weit aufgerissenen Augen starrte Karl in die Ecke seines Zimmers. Die Erkenntnis wer in seinem Zimmer stand, traf ihn wie einen Schlag. Dort stand er, der Schattenmann, jenes Wesen, welches seinen Freund vor zwei Tagen geholt hatte. Daniel, schoss es Karl durch den Kopf, dieses Scheusal hatte seinen Freund Daniel auf dem Gewissen? Eine Sekunde lang spielte Karl mit dem Gedanken der Kreatur ins Gesicht zu schreien, sie anzubrüllen und sie zu fragen, warum sie seinen Freund geholt hatte? Was er von ihnen wolle? Warum er nicht einfach dorthin verschwand, wo er hergekommen war? Niemand sprach darüber, aber alle wussten es. Der Schattenmann kam des Nachts, um sich die Seelen der Kinder zu holen, die nicht friedlich in ihrem Bett lagen und schliefen und dabei war der Schattenmann mal ein guter Mensch gewesen, ein Mensch der Kinder gern hatte und der ihnen Süßigkeiten und Geschenke brachte.

Das soll vor langer Zeit der Fall gewesen sein, bis zwei Jungen vom Spielen nicht mehr nach Hause gekommen waren. Einige Frauen und Kinder hatten behauptet, dass der Mann den die Kinder heute als den Schattenmann kannten, mit den beiden Jungen spazieren gegangen sei. Seitdem hatte man sie nicht wieder gesehen. Die Polizei hatte den Mann verhört und er war verdächtigt worden mit dem Verschwinden der Kinder etwas zu tun zu haben. Doch gab es dafür keine Beweise, weshalb das Verfahren gegen den Mann eingestellt und er freigesprochen wurde. Die Kinder hatte man nie wieder gesehen. Einige Menschen der Stadt, darunter die Eltern der vermissten Kinder sollen dann bei ihm zuhause eingebrochen sein und die Sache selbst in die Hand genommen haben. Vor seinem Tod soll er laut Rache geschworen haben. Karl hatte gedacht, dies sei nur eine Legende, um den Kindern Angst zu machen. Aber jetzt sah er ihn mit seinen eigenen Augen, den Schattenmann, jener Mann den ihren Eltern oder waren es seinen Großeltern gewesen? (Karl wusste es nicht genau), vor vielen Jahren den Prozess gemacht hatten. Seine Oma hatte ihm die Geschichte des Schattenmannes erzählt.

Der Schattenmann stand vor seinem Bett, um sich an seiner Angst zu laben. Karl schloss die Augen und hielt den Atem an. Er wagte es nicht, zu atmen, seine Kehle war wie zugeschnürt. Seine Eingeweide schienen auf Erbsengröße zusammen zu schrumpfen. Er spürte etwas Warmes und Feuchtes in seinem Bett. Er hatte sich eingenässt, das hatte er zuletzt vor sieben Jahren getan, als er drei Jahre alt gewesen war. Auf seiner Brust schien ein dreißig Kilo schwerer Zementsack zu liegen, der ihn erbarmungslos auf die Matratze drückte. Kalter Schweiß stand ihm auf der Stirn. Was war, wenn das Wesen seinen Schweiß in der Dunkelheit glitzern sah, oder den Gestank seiner Pisse roch? Eine Träne lief seine Wange hinab, während er lautlos zum lieben Gott betete, dass er den Schattenmann verschwinden lassen solle, dass er ihn vor dem Wesen der Dunkelheit beschützen solle. Karl vernahm ein leises Lachen, es war ein böses hinterhältiges Kichern. Es war sein kichern. Das Kichern des Schattenmannes, hatte der Schattenmann bemerkt, dass er wach war? Hatte er bemerkt, dass es nur die Angst war, die dafür sorgte, dass er regungslos in seinem Bett lag? Karl hielt den Atem an. So musste es sich anfühlen, wenn jemand stirbt, dachte er. Wie spät war es? Wie lang stand der Schattenmann schon in seinem Zimmer, um sich an seiner Furcht zu laben? Es kam ihm wie Stunden vor? Oder waren es bereits Tage? Dann bewegte sich der Wesen langsam auf ihn zu. Ein dämonisches Grinsen auf den Lippen. Karl starrte den Schattenmann mit weit aufgerissenen Augen an. Das Herz in seiner Brust hämmerte wie ein Schnellzug. Karl wollte schreien, aber die Worte blieben ihm im Halse stecken. Langsam bewegte sich die Gestalt auf ihn zu. Bitte lieber Gott, bitte lass dieses Wesen aus meinem Zimmer verschwinden, dachte er.

Ein Schritt

Er hatte bereits seit seinem vierten Lebensjahr nicht mehr gebetet, aber jetzt brauchte er Gottes Beistand und seinen Schutz. Das Wesen schien Stunden zu benötigen, um die Distanz von knapp zwei Metern zurückzulegen. Nein, dachte Karl, er tut es absichtlich, das Wesen geht mit Absicht so langsam, um mir noch mehr Angst zu machen, an welcher es sich laben kann. Wie lange würde das Monster bei diesem Tempo brauchen, bis es an seinem Bett stand? Wahrscheinlich die ganze Nacht. Unter seiner Decke zitterte Karl wie Espenlaub und er betete, dass der Mann in seinem Zimmer die leichte Bewegung seiner Bettdecke nicht bemerkte. Ein Schritt ... ein weiterer Schritt. War das vielleicht alles nur ein Traum, aber wenn das ein Traum warm warum erwachte er dann nicht? Warum konnte er dunkle Präsenz des Wesens, welches diese eisige Kälteres ausstrahlte, um sich herum spüren? Ein Schritt, an Karls Ohren drang ein leises Lachen, kein freundliches Lachen, sondern ein dämonisches hinterhältiges Kichern. Karl wusste zu gut, wer da kicherte, es war das Gelächter seines Besuchers, der sich langsam seinem Bett näherte. Ein Schritt. Vielleicht konnte er sich gegen den Schattenmann verteidigen, hatte er irgendetwas in seinem Bett, oder lag etwas auf seinem Nachttisch, mit dem er dem Wesen eins überbraten konnte? Sein Plüschtiger war zu weich, Karls Blick fiel auf die Nachttischlampe.

Ein Schritt.

Wie nah war das Wesen bereits zu ihm herangekommen? Stand es bereits an seinem Bett? Karl steckte sich einen Daumen in den

Mund, er hatte, bereits seit er drei Jahre alt gewesen war, mit dem Nuckeln aufgehört. Aber in dieser Nacht brauchte er den Daumen.

Ein Schritt.

Warum tat Gott nichts? Warum griff er nicht ein? War der Teufel vielleicht stärker als Gott? Dass der Schattenmann direkt aus der Hölle kam, dessen war sich Karl sicher. Sein Bett war schweißnass. Dann ergab er sich langsam in sein Schicksal, wenn Gott ihm nicht helfen konnte oder wollte, wer sollte ihm dann helfen?

Ein Schritt.

Ein leises Wimmern entwich seiner Kehle. Hatte der Schattenmann sein wimmern gehört? Wie lange dauerte es noch, bis er bei ihm war? Es konnte nicht mehr allzu lange dauern. Im Zimmer war es so still, dass Karl eine Stecknadel hätte fallen hören können. Seltsame Schatten tanzten an der Decke und an den Wänden.

Ein Schritt.

Etwas zog an seiner Bettdecke. Karl vernahm ein dunkles Gelächter direkt an seinem

Ohr. Er wollte schreien, sich wehren, nach seinen Eltern rufen, aber er konnte sich nicht bewegen. Es war, als wäre ans Bett gefesselt. Eine Klaue tauchte vor seinem Gesicht auf. Karl konnte sie trotz der Dunkelheit deutlich erkennen. Er spürte, wie sich eine weitere Kralle um seine Kehle legte und ihm langsam die Luft aus den Lungen presste. Seine Hand war kalt, so kalt. Das Wesen, brachte sein Gesicht ganz nah an das Gesicht des Jungen heran. Der Schattenmann roch nach Fäulnis und Verwesung. Karl wurde übel und würde er der Schattenmann nicht seine Kehle langsam zudrücken, hätte er dem Ungeheuer jetzt direkt ins Gesicht gekotzt.

Plötzlich öffnete sich die Tür und seine Eltern kamen ins Zimmer und schalteten das Licht an.

„Guten Morgen Karl möchtest du nicht aufstehen?", fragte sein Vater.

Karl stand auf, warf sich seinem Vater in die Arme und weinte. Der Schattenmann war verschwunden.

Das Haus am Ende der Straße

Es war ein altes verlassenes Haus am Ende der Baker Street. Niemand wohnte in diesem Haus, die alte Holztür hing schief in den Angeln, Unkraut, Efeu und Schlingpflanzen wucherten im Garten, neben einigen alten abgestorbenen Apfelbäumen. Die Fenster des Hauses waren alle vergittert. Etliche Dachpfannen fehlten und von den Schindeln, die noch vorhanden waren, blätterte langsam die Farbe herunter. Ein altes rostiges Geländer, welches nicht gerade einladend aussah, war auf der rechten Seite der zweistufigen Treppe angebracht, welche auf die Veranda führte. Die Treppe und die Veranda waren durch Pflanzenwuchs so zugewuchert, dass man sie gerade mal erahnen konnte. Vor diesem Haus standen Tom Meyer und Bill Soams eigentlich hätten sie Schule, aber wen interessierte es schon, ob sie zur Schule gingen oder nicht? Ihre Eltern waren eher mit Jack Daniel´s und Johnny Walker beschäftigt und nahmen von ihnen kaum

Notiz und wenn dann höchstens nur um ihnen den Gürtel oder den Besenstiel spüren zu lassen.

„Ob es in diesem Haus was zu holen gibt? Was meinst du?", fragte Tom und nahm einen großen Schluck Bier. Er fuhr sich mit der linken Hand über die Lippen und warf die Flasche ins Gras. Jetzt wo sie vor dem verfallenen Haus standen, war ihm doch etwas unwohl in der Magengegend.

„Wir werden sehen, wenn werden wir den Scheiß brüderlich teilen und verschachern, ich kenn jemanden, der kauft alles und stellt keine Fragen,", sagte Bill.

Tom gab ihm einen freundschaftlichen Hieb gegen die Schulter und sagte: „Geil man dann lass uns an die Arbeit gehen."

Die kleine Treppe, die zur Veranda führte, knarzte laut, als Bill einen Fuß auf die erste Stufe setzte. Er hatte sich immer gefragt, ob es wohl Obachtlose gab, die in diesem Haus die Nacht verbrachten? Als sie noch kleiner gewesen waren, hatten sie mit ein paar Freunden immer Mutproben gemacht. Wer traut sich allein, durch das Haus zu gehen und etwas draus mitzunehmen. Kinderscheiß eben. Mit einem lauten Quietschen öffnete sich die Tür. Toms Herz pochte, während Bill neben ihm kicherte und sagte: „Ey geil Alter hier gibt es mit Sicherheit was zu holen." Er nahm seine Taschenlampe und schaltete sie ein. Ein alter Kronleuchter, der aus dem 15 Jahrhundert zu stammen schien, baumelte von der Decke herab.

„Ey alter Alter hast du schon mal so ein hässliches Teil gesehen?", fragte Bill und kicherte.

„Nee du aber wir sollten uns beeilen, ich habe kein Bock, dass jemand uns bemerkt und die Bullen ruft." ,antworte Tom.

Eine alte Kommode stand an der Wand, darüber hing ein prunkvoll verzierter Spiegel mit goldenem Rand.

„Ey das Teil ist ja mal cool, das bringt garantiert was ein, hilf mir mal, den Spiegel abzuhängen", sagte Bill.

Tom erstarrte als er in die Spiegel sah, hatte er für eine Sekunde den Eindruck, als stünde eine Frau mit langen schwarzen Haaren und einem dunklen Gewand hinter ihm. Ihn wurde heiß und kalt zugleich. Tom wirbelte herum, aber hinter war niemand zu sehen. Als Tom sich wieder umdrehte, war die Frau im Spiegel verschwunden. Wahrscheinlich hatte er sich die Frau im Spiegel nur eingebildet. Er ging auf den Wandspiegel zu, ihm fröstelte. Ein kalter Schauer lief ihm über den Rücken und ließ ihn erzittern.

„Tom was ist? Aufwachen, hilf mir, das Teil abzuhängen, das ist schweineschwer.", sagte Bill.

Tom wischte sich die Hände an der Hose ab, ehe er seinem Freund half den Spiegel von der Wand zu bekommen. Etwas stimmt hier nicht, dachte Tom, warum sind die Einrichtungsgestände noch hier? Warum sind sie nicht von einer Möbelfirma abgeholt und versteigert worden? Es gab doch mal so einen Fall in Amityville, war da nicht die Familie Lutz nach

28 Tagen aus ihrem Haus in der Ocean Avenue 412 verschwunden nur mit den Sachen, die sie am Leib getragen hatten? Ihre restlichen Besitztümer waren, soweit er wusste, irgendwann von der Gemeinde versteigert worden. Warum waren in diesem Haus noch alle Gegenstände erhalten und nicht versteigert worden? Das fand Tom seltsam, er selbst hatte die Geschichte um das Spukhaus in Amityville nie geglaubt, obwohl er die Filme nicht schlecht fand. Von den Wänden des Hauses bröckelte der Putz, die Decke war unter dem riesigen Spinnenweben, kaum noch zu erkennen.

Das ist das reinste Spinnenparadies, dachte Tom. Der Spiegel hatte ordentlich Gewicht und fast wäre ihm der Spiegel auf dem Weg nach draußen aus den Händen gerutscht. Tom drehte seinen Kopf nach hinten.

„Was ist man, pass lieber auf, dass du den Spiegel nicht fallen lässt.", sagte Bill.

Tom sagte nichts, er keuchte, er hatte geglaubt, etwas gehört zu haben im oberen Stockwerk, es klang wie Schritte. War noch jemand außer ihnen im Haus auf Schatzsuche? Das wäre nicht gut, sollte er seinem Komplizen von seiner Vermutung erzählen? Jetzt vernahm er nichts mehr, warum sollte jemand ausgerechnet am selben Tag an dem sie ein Ding drehten auf die Idee kommen, genau dasselbe Haus zu plündern? Wahrscheinlich hatte er sich das alles nur eingebildet, das war nur die Nervosität. Doch dann hörte er es wieder, ein Knarren, Schritte die langsam die Treppe hinunter kamen.

Wir sollten nicht hier sein, wir sollten so schnell wie möglich von hier verschwinden, meldete sich Toms innere Stimme. Tom versuchte, den Gedanken zu verdrängen, hier war niemand, er sollte die Nerven behalten, er hatte einfach zu viele Horrorfilme gesehen. Tom fröstelte, spinnte er, oder war die Temperatur gerade eben abgefallen? Warum war es hier auf einmal so kalt? Verschwinde, lass alles stehen und liegen, und such das Weite. Scheiß auf deinen Freund, meldete sich seine innere Stimme.

„Tom was ist los? Alles in Ordnung bei dir, du siehst aus, als hättest du einen Geist gesehen."; sagte Bill.

Tom fiel aus seiner Starre, sah Bill eine Sekunde lang völlig verwirrt an und fragte: „Was hast du gesagt?"

„Ich fragte, ob alles in Ordnung ist, du siehst aus, als hättest du einen Geist gesehen."

„Alles gut, ich dachte nur, ich hätte etwas gehört, los wir sollten zusehen, dass wir fertig werden,"

Tom wollte nicht hier sein, das hier war alles so falsch, warum waren sie ausgerechnet in dieses Haus eingestiegen? Warum hatten sie sich nicht für ein anderes Gebäude entschieden? Es gab genug leere Häuser in der näheren Umgebung. Alles in Toms Innerem zog sich zusammen, er glaubte, seine Eingeweide schienen auf Erbsengröße zu schrumpfen. Er hatte das Gefühl auf Stelzen zu gehen. Jeden Augenblick würden seine Knie nachgeben, sie waren schon jetzt weich wie Wackelpudding. Seine Hände waren schweißnass, die Dielen unter seinen Füßen knarzten und ließen ihn bei jedem Schritt zusammenzucken. Seine Arme schmerzten und seine Muskeln zitterten. Das Gewicht des Spiegels in seinen Händen schien auf das Zehnfache angestiegen zu sein. Er stöhnte.

„Hey warte mal ich brauch eine Pause, das Ding ist scheiße schwer.", sagte Tom, das Herz in seiner Brust raste.

„Hey was ist denn los Tom?"

„Warte mal einen Augenblick, ich brauch eine kurze Verschnaufpause."

„Tom was ist?", fragte Billy. Sein Freund war leichenblass, die Augen vor Entsetzen weit aufgerissen starrte Tom ihn an. Seine Augen quollen aus den Höhlen hervor, oder sah er etwas hinter ihm. Sie setzten den Spiegel ab und lehnten ihn an die Wand.

„Tom was siehst du?", fragte Bill und sah sich um, aber er sah nichts, nichts als den alten Flur, die schäbige Kommode und Türen, die in weitere Zimmer führten.

„Da ist doch nichts.", sagte Billy.

„Da-d- wir soll- ten.", stammelte Tom.

Billys Augen quollen aus den Höhlen hervor. Plötzlich hatte der das Gefühl, als würde sich eine Würgeschlange um seinen Hals legen. Billy röchelte, griff sich mit einer Hand an Hals, als versuche er, ein Gewicht von seiner Kehle zu nehmen, Blut lief ihm aus der Nase und benetzte seine Jacke. Sämtliche Farbe war aus Billys Gesicht gewichen. Es war kalkweiß und er sah aus wie ein lebender Toter. Tom stand mit weit aufgerissenen Augen daneben, wie sollte man gegen etwas kämpfen, was man nicht sah? Das Haus schien sich auf einmal vor seinen Augen zu drehen, halluzinierte er oder floss aus den Wänden tatsächlich Blut? Wie war das möglich, halluziniere Tom oder war das ein Traum? Hatte sein Komplize ihm etwas ins Bier getan?

Plötzlich packte Tom eine unsichtbare Kraft am Kragen und hob ihn hoch in die Luft.

„Verschwindet."; sagte eine Stimme, bei der ihnen das Blut in den Adern gefror. Billy keuchte, er konnte kaum glauben, was geschehen war. Tom schrie.

Billy rang nach Luft, als Tom sich langsam erhob und seinen Rücken hielt.

„Billy was zum Teufel war das?"

„Keine Ahnung, aber wir sollten so schnell wie möglich verschwinden."

Billy und Tom ließen den Spiegel fallen und stürmten nach draußen. Seit diesem Erlebnis waren sie nie wieder in fremde Häuser eingestiegen.

Gefährliches Haustier

Ich hatte lange zu kämpfen, bis meine Eltern meinem Bruder und mir ein Haustier erlaubten. Nicht irgendein Haustier, sondern eine Rotknievogelspinne. Diese Spinnen waren pflegeleicht und für Anfänger soweit wir uns Netz erkundigt hatten bestens geeignet. Wir kauften die Vogelspinne bei einem Züchter. Der war schon ein seltsamer Kerl mit Schlapphut und einer fleckigen alten Jeans und darüber ein gelbes mit Löchern und Fettflecken ausgestatten T – Shirt. In seinen gelben Fingern hielt er eine selbstgedrehte Zigarette. Sein Name war Silver John Silver. Ich war fünfzehn, mein Bruder war fünf Jahre jünger als ich.

Als wir bei ihm klingelten, schaute er uns mit gehässigen Augen an und sagte: „Was wollt ihr hier? Seht zu, dass ihr hier verschwindet ihr verdammten Bälger."

Ich blieb unbeeindruckt vor ihm stehen und sagte: „Ich möchte Ihnen ein Geschäft vorschlagen Sir."

„Was für ein Geschäft?", fragte er missmutig, doch seine Augen glänzten. „Glaubt ihr etwa, ich habe Zeit für irgend so einen Kinderscheiß?"

Ich wusste über Freunde, dass Herr Silver bestechlich war. Man musste nur den richtigen Preis nennen und schon ging er einen auf den Leim.

„Sie haben doch Vogelspinnen und Taranteln, mein Bruder und ich wollen eine davon kaufen."

Silvers Gesichtsausdruck wurde freundlicher, er lächelte, als er sagte: „Hört mal wissen eure Eltern, dass ihr hier seid und eine Vogelspinne kaufen wollt?"

Ich zog einen Zettel aus meiner linken Hosentasche und reichte ihn Mr. Silver.

John sah auf das Stück Papier, zog die Augenbrauen hoch, dann sagte er: „Wie ist eure Telefonnummer, nicht, dass es sich dabei um eine Fälschung handelt. Man kann nicht vorsichtig genug sein und ich habe keine Lust auf Ärger mit den Behörden."

„7584439", sagte mein Bruder. Herr Silver entfernte sich wenig später vernahmen wir, wie Herr Silver anscheinend mit jemandem telefonierte. Kurze Zeit später kam er zurück diese mal wesentlich freundlicher und sagte: „Okay eure Eltern bestätigen eure Geschichte kommt rein, wollt ihr vielleicht ein Glas Eistee haben?"

„Sehr gern Sir, danke.", sagte ich. Mein Bruder lehnte ab, dabei war es heute wirklich heiß. Im Inneren seines Hauses sah es aus wie bei Hempels unterm Sofa. Eine Minute später bereute ich diese Entscheidung. Leere Bierdosen und ein Haufen alter Pizzakartons lagen unter dem Couchtisch im Wohnzimmer. Eine Feder lugte aus dem alten zerschlissenen Sofa hervor. Der Geruch von abgestandenem Bier, Schweiß und Zigarettenqualm hing der Luft, sodass mein Bruder und ich uns instinktiv die

Hand vor den Mund schlugen. Herr Silver ging in die Küche und ich hörte das Laufen eines Wasserhahnes. Wenigstens macht er die Gläser für seine Kunden sauber, dachte ich. Einige Sekunden später kam er mit einem vollen Glas Eistee ins Wohnzimmer und reichte es mir.

„Danke, können wir jetzt die Spinnen sehen?"; fragte ich.

„Folgt mir, passt aber bei der Treppe auf, die befindet sich nicht im besten Zustand.", sagte Herr Silver, während er in den Flur trat. Mein Bruder und ich folgten Herrn Silver. Der Kerl war wirklich seltsam und kam mir absolut nicht wie ein Schlangen- und Vogelspinnenzüchter vor. Eher wie einer, der mit Ratten und Kakerlaken per du war. Wir sahen eine riesige Zahl an Terrarien. Der Kerl hatte sogar eine schwarze Mamba und eine Königskobra in seinem Besitz. Die Mamaba lag zusammengerollt auf der Erde und schien uns aus ihren kleinen Augen zu beobachten. Mein Bruder entdeckte eine Martinique - Baumvogelspinne, die auf einem Ast saß und uns regelrecht zu fixieren schien. Ich wusste aber, dass dies nicht sein konnte, da Vogelspinnen zwar acht Augen besaßen, jedoch nahezu blind waren. Sie nahmen mit ihren acht Augen lediglich hell und dunkel unterscheide oder flüchtige Bewegungen war. Die meisten Sinneseindrücke wie hören, schmecken, riechen und sehen saßen in ihren acht Beinen. Spinnen waren die wenigen Lebewesen, die ihre Sinneswahrnehmungen durch das Spinnen von seidenen Fäden verlängern konnten. Sie nahmen selbst kleinste Erschütterungen in ihrer unmittelbaren Umgebung wahr. Dann sprangen sie, sobald sich ein ihnen ein geeignetes Opfer näherte, wie der Blitz aus ihrer Höhle. Sie sprangen auf das Beutetier, welches sie mit ihrem Giftbiss umbrachten. Das Gift der Vogelspinne saß in den Kieferklauen, den sogenannten Cheliceren. Ich erblickte eine Rotknievogelspinne, die vor ihrer Höhle saß und auf Beute lauerte. Sie war ungefähr faustgroß und schien mich direkt anzusehen. Sie hatte einen neben den rotdurchzogenen Beinen auch am Rand ihres Chitinpanzer eine rötliche Umrandung, was sehr putzig aussah. Ich hatte mich sofort in dieses Exemplar verliebt.

„Was hältst du von diesem Exemplar Ben?", fragte ich und deutete mit dem Finger auf die Spinne.

„Die sieht gut aus von mir aus?", bei dem Satz lächelte er.

„Was soll sie kosten?", fragte ich Herrn Silver.

„Dieses Exemplar kostet 25 $, falls ihr noch Zubehör wie ein passendes Terrarium und Futter benötigt, könnt ihr dies bei mir auch gern kaufen."

„Ein Terrarium und eine Höhle haben wir bereits, aber ein wenig Futter könnte nicht schaden. Was haben Sie an Futter da? Füttern Sie eher Heimchen oder Grillen und Heuschrecken?

„Mal so mal so, auch eine Vogelspinne liebt die Abwechslung und dieses Exemplar frisst einfach alles.", sagte er mit einem Lächeln auf dem Gesicht, bei welchen ich für einen Moment den Eindruck hatte, dass er etwas Hinterlistiges im Schilde führte. Sein Lächeln kam mir so falsch vor. Aber so schnell, wie das Gefühl auftauchte, war es auch wieder verschwunden. Wahrscheinlich hatte ich mir das nur eingebildet.

„Wie viel für die Spinne und eine Dose Grillen?", fragte ich.

„30 Dollar. Ihr solltet das Tier nie in den Abendstunden füttern", antwortete Herr Silver.

„Wieso nicht?", fragte ich.

„Merkt es euch füttert es nie in den Abendstunden."

Über meine Frage warum ging er hinweg, obwohl ich sicher war, dass er sie gehört und verstanden hatte.

Ich zog mein Portemonnaie heraus und gab Herrn Silver 30 Dollar.

Herr Silver nahm das Geld wortlos entgegen und steckte es sich in die Hosentasche. Er öffnete das Terrarium und nahm die Spinne auf die Hand, wo sie langsam und gemächlich seinen Arm hoch krabbelte. Er lotste die Spinne in eine Schüssel und verschloss den Deckel, dann sagte er: „So und jetzt macht, dass ihr wegkommt ihr Gören, ich hoffe, dass ihr meine Warnung nicht vergesst. Wenn nicht ist es eure eigene Schuld."

Bei diesem Satz brach Herr Silver in schallendes Gelächter aus. Wir drehten uns um fest entschlossen, beim nächsten Mal einen anderen Händler aufzusuchen, mit diesem Herrn würden wir garantiert nie wieder ein Geschäft abschließen.

„Und ...?" , fragte unser Vater „für welches Exemplar habt ihr euch entschieden?" Wir zeigten ihm das Tier, nachdem wir es in sein neues Terrarium gesetzt hatten, die Spinne Ben und ich tauften die Spinne auf den Namen Agathe. Agathe begann gleich damit ihre neue Umgebung zu erkunden, es war ein herrlicher Anblick.

„Ich bin echt froh Jungs, dass die Spinne in einem Terrarium hinter eine Scheibe sitzt, man kann bei solchen Tieren nie wissen. Eines müsst ihr mir versprechen, ihr nehmt das Tier nur aus ihrer gewohnten Umgebung, wenn es unbedingt nötig ist, bspw wenn ihr mit der Spinne zum Tierarzt müsst. Ich will nicht, dass ihr das Tier einfach so aus seiner gewohnten Umgebung holt um sie auf die Hand zu nehmen und Ähnliches, habt ihr mich verstanden Jungs? Auch nicht vor eueren Freunden. Wenn ich euch dabei erwische, kommt das Tier weg klar?"

„Verstanden Dad.", antwortete ich, auch mein Bruder stimmte bei.

„Aber wir müssen testen, wie die Spinne reagiert, und zwar im Vorfeld, damit wir wissen, wie wir sie am Besten in einen anderen Behälter setzten können. Das sollten wir am besten jetzt gleich tun.", antworte ich.

„Nee lass sich das Tierchen erst einmal an seine neue Umgebung gewöhnen, versuchen wir es morgen." , antwortete mein Bruder. Agathe hatte mit ihrem Rundgang durchs Terrarium aufgehört, jetzt schien sie uns direkt anzusehen und das, obwohl wir wussten, dass Vogelspinnen nahezu blind waren.

Als ich Agathe am nächsten Morgen füttern wollte. Schien sie, um einiges größer geworden zu sein. Wie war das möglich in so kurzer Zeit und ohne sich zu häuten? Als ich mich dem Terrarium näherte, stellte sie sich auf die Hinterbeine? Was war mit ihr los? Warum sah die Spinne in mir eine Bedrohung? Ich öffnete vorsichtig den Deckel des Terrariums, als Agathe plötzlich gegen die Scheibe sprang. Ich erschrak und der Deckel wäre mir um ein Haar aus den Fingern gerutscht. Langsam krabbelte die Agathe die Scheibe hoch. Ich legte Agathe ein paar Heimchen und Heuschrecken mit einer Pinzette hinein und schloss das Terrarium wieder, gerade noch rechtzeitig, bevor es der Spinne gelang, hinaus zu krabbeln. Agathe sprang auf eine der Heuschrecken und begann sie zu verspeisen, wobei sie uns (das war mein Eindruck) die ganze Zeit nicht aus den Augen ließ. Ich öffnete erneut das Terrarium, um der Spinne frisches Wasser zu geben, doch sobald ich meine Hand ins Terrarium steckte, begann Agathe mit Drohgebärden.

Ich weiß nicht wie, aber irgendwie gelang es mir, Agathes Wasserschüssel aus dem Terrarium zu holen, ohne große Blessuren wie einen brennenden Juckreiz davon zu tragen. Diese Spinne war ausgesprochen aggressiv, was für eine Rotknievogelspinne ungewöhnlich war. Normalerweise verhielt sich diese Art sehr ruhig und friedlich. Aber jede Spinne ist nun einmal anders, sagte ich mir, ohne mir etwas dabei zu denken.

Eines Abends ich saß zusammen mit meinen Eltern vor dem Fernseher, wir sahen uns die EM Deutschland gegen Italien an, während mein Bruder im Zimmer die toten Hosen hörte, als wir plötzlich einen entsetzlichen Schrei vernahmen. Mein Vater und meine Mutter sprangen vom Sofa auf und rannten in unser Zimmer, während ich ihnen folgte. Was war da los? Der Schrei meines Bruders ließ mir das Blut in den Adern gefrieren. Das Herz schlug mir bis zum Halse und kalter Schweiß stand auf meiner Stirn. Mit pochendem Herzen standen meine Eltern und ich vor der Zimmertür.

Meine Mutter war sichtlich nervös und auch mein Vater war angespannt. Mit einem Schwung stieß er die Tür auf, doch was wir dort sahen, ließ uns erstarren. Agathe hatte meinen Bruder angesprungen und ihre Cheliceren tief in seinen Hals gebohrt. Das Gesicht meines Bruders war purpurrot, seine Augen schienen fast aus den Höhlen zu kommen, als er schrie: „Mach sie tot, mach sie tot."

Er lag am Boden, fuchtelte wild mit den Armen umher und schrie: „Bringt das Tier um, bringt das Tier um."

Die Spinne streckte den Hinterleib in die Höhe und ich hörte ein schmatzendes Geräusch. Konnte eine Spinne schmatzen?

Ich weiß nicht, wie lange ich dort stand und einfach nur zusah, wie die Spinne langsam meinen Bruder aussaugte war es eine Minute oder waren zwei? Vielleicht auch eine Viertelstunde? Dann fiel die Starre von mir ab und ich rannte aus dem Zimmer. Wir mussten dieses Mistvieh erledigen, aber wie?

Das Herz in meiner Brust pochte so stark, dass ich befürchtete, jede Sekunde einen Herzanfall zu erleiden. Plötzlich hörte ich einen weiteren Schrei von meiner Mutter. Hatte die Spinne auch meine Mutter erwischt? Warum hatten wir uns nicht ein Meerschweinchen oder ein Kaninchen gekauft? Ich fegte zur Abstellkammer, holte einen Besen heraus und ging anschließend ins Bad, um Deodorant zu holen. Da ich Raucher war, trug ich ein Feuerzeug immer bei mir. Ich fegte über den Flur und wäre dabei um ein Haar über Papas Wanderschuhe gestolpert. Meine Mutter stand plötzlich im Flur, ich stieß mit ihr zusammen. Als ich um die Ecke fegte, sagte sie: „Warum haben dein Bruder und du euch kein normales Haustier gekauft? Warum musste es ausgerechnet eine Vogelspinne sein?" Ich achtete nicht auf ihre Vorwürfe und ließ sie stehen. Ich stieß die Tür zum Zimmer auf, Agathe stand über meinen Dad und schien mich mit gierigen Augen anzustarren, als wollte sie sagen, ihr seid die Nächsten. Meine Haut war schweißnass und glänzte im Schein des Mondes. Die Spinne schien mich studieren zu wollen, regungslos standen wir uns gegenüber. Wie hatte sie so schnell wachsen können? Wie hat sie uns überhaupt orten können, Vogelspinnen waren doch normalerweise nahezu blind. Das, was ich sah, konnte keine normale Vogelspinne sein. Wo hatte der Kerl sie her? Warum wusste er, dass sie nicht in den Abendstunden gefüttert werden sollte? Hatte Herr Silver gewusst, was er uns da verkaufte? Ich hatte den Rat für einen schlechten Scherz gehalten. War das Tier Radioaktivität in Berührung gekommen? Oder handelte es sich um ein Exemplar aus einem Versuchslabor der Regierung? Als mein Bruder und ich sie gekauft hatten, war sie noch nicht einmal faustgroß gewesen. Jetzt aber, hatte sie die Größe eines Kleinwagens. War das ein Traum? Lag ich vielleicht in meinem Bett und schlief? Ich zwickte mich selbst, um mich zu vergewissern, dass ich auch wirklich wach, war. Das Monster zischte, wie zwei Revolverhelden in einem Wildwestfilm standen wir uns gegenüber. Jeder von uns schein nur auf den passenden Moment zu warten. Ich war ganz ruhig, die Panik war von mir abgefallen und ich spürte eine seltsame Leere, aber auch Wachsamkeit. Dieses Vieh wird mich nicht bekommen und es wird dafür bezahlen, was es meinen Angehörigen angetan hat. Kleine Schweißtropfen liefen über mein Gesicht, meine Hände waren so feucht, dass ich befürchtete, das Deo könnte meiner Hand entgleiten.

Was war, wenn mir die Spraydose aus der Hand fiel? Du kennst die Antwort, dann bist du verloren, meldete sich meine innere Stimme. Ich würde die Spraydose nicht fallen lassen. Ich umklammerte die Dose so fest, dass meine Knöchel ganz weiß wurden. Wir schienen uns eine gefühlte Ewigkeit anzustarren, ihre Cheliceren zuckten und die acht Augen des Ungeheuers schienen direkt durch mich hindurchzusehen. Vor meinem geistigen Auge tauchten Bilder aus vergangenen Tagen auf, Bilder wie ich zusammen mit meinem Bruder im Wald eine Hütte gebaut habe, Bilder wie wir gemeinsam angeln und Rad gefahren waren, Bilder von unserem gemeinsamen Campingausflug wo wir mit der ganzen Clique im Sommer auf einem Feld zelten gewesen waren.

Wenn ich diesen Kampf verlor, hatte ich wenigstens eine schöne Jugend, kein Mensch würde mir diese Geschichte hier abkaufen. Mein Atem stockte, mein Herzschlag normalisierte sich.

„Komm schon, komm her, und versuch, mich zu kriegen, du hast doch garantiert noch Hunger du verdammtes Drecksvieh", schrie ich die Spinne an.

Als hätte sie meine Worte verstanden stellte sich das Vieh auf die Hinterbeine. Ich drückte auf die Spraydose und hielt mein Feuerzeug dran. Eine Stichflamme schoss der Spinne entgegen, doch dieses Mistvieh war clever genug, über mich hinwegzuspringen. Ich rannte nach vorn, duckte mich ab und wirbelte herum, als die Spinne an die Hauswand sprang. Sofort ging das Tier erneut zum Angriff über und sprang auf mich zu, ich betätigte das Feuerzeug und ließ einen Schwall Deo in die Luft entweichen. Eine Stichflamme traf das Tier, worauf es von der Wand fiel und auf dem Rücken landete. Die Spinne schlug wild mit ihren acht Beinen hin und her, ehe sie langsam verstarb.

Es lebt in den Wänden

Mein Name ist Mark Clayton, ich lebe mit meiner Frau und meiner Tochter in Portland Maine in den USA. Ich bin mit meiner Familie erst vor vier Wochen nach Portland gezogen. Nette freundliche Menschen und nicht so ein Gedränge und Gestank wie in der Großstadt. Ich arbeite als Werbe- und Seo – Texter für eine Werbeagentur in Boston Maine. Neben meinem Job als Werbetexter helfe ich manchmal älteren Menschen bei PC-Problemen aus. Meine Frau Sophia arbeitet als Bedienung bei Mc Dondalds. Nebenbei strickt oder näht sie Kleidungsstücke wie Socken, Schals oder Pullover, welche sie auf Flohmärkten und im Internet verkauft. Außerdem hilft sie ab und zu Frau Turner, einer älteren Dame, bei uns in der Nachbarschaft. Sophia geht für Frau Turner einkaufen, oder putzt Frau Turners Wohnung. Vor sechs Jahren kam unsere Tochter Wendy auf die Welt. Ich kann mich noch gut an den Moment erinnern, als ich im Kreißsaal die

Hand meiner Frau hielt, während sie unsere Tochter auf die Welt brachte. Ich habe selbst die Nabelschnur durchgetrennt und sie da erste Mal gebadet. Es war einer der schönsten Momente in unserem Leben. Unsere Tochter besucht die erste Klasse der Friends School of Portland in Maine. Es war letzte Woche das erste Mal, dass ich das Klopfen an den Wänden hörte. Erst glaubte ich, würde mir das Geräusch nur einbilden, aber auch meine Frau setzte sich im Bett auf und fragte: „Was ist das? Wer klopft da?"

„Keine Ahnung ich weiß es nicht. Hallo, ist da jemand?" ‚rief ich in unser Schlafzimmer, aber niemand antwortete. Ich schaltete die Lampe auf meinen Nachttisch ein aber außer meiner Frau und ich war niemand hier. Mein Blick fiel auf den Digitalwecker, es war genau 0:00 Uhr. Ich stand auf und ging in die Küche, um mir etwas zu trinken zu holen. Als ich am Zimmer meiner Tochter vorbeiging, hörte ich, wie sie leise mit jemanden sprach. Ich trat näher an ihre Zimmertür heran und lauschte.

„Wo kommst du her?", hörte ich Wendy sagen.

Ein kalter Schauer lief mir über den Rücken, wie war jemand mitten in der Nacht in ihr Zimmer gekommen, ohne das die Alarmanlage losging? Ich schüttelte den Gedanken ab, das war lächerlich, wahrscheinlich hatte sie wie viele andere Kinder in ihrem Alter einfach eine Fantasiefreundin erschaffen. Ich öffnete die Zimmertür und trat ein.

„Guten Abend Schatz mit wem hast du da gesprochen?", fragte ich.

„Mit dem Mädchen, welches in meiner Wand wohnt.", antwortete Wendy.

„In deiner Wand und wie heißt das Mädchen?", fragte ich und musste innerlich grinsen. Kinder konnten eine blühende Fantasie haben.

„Ich darf dir nicht sagen, wer das ist.", dann legte sie einen Zeigefinger auf die Lippen.

Ich tat es meiner Tochter gleich, ging ein paar Schritte auf sie zu und sagte: „Genug gespielt, jetzt wird geschlafen. Okay?"

Wendy nickte. Ich gab meiner Tochter einen Kuss auf die Stirn und verließ das Zimmer. Einige Sekunden blieb ich vor der Zimmertür stehen und lauschte, es war still. Ich drehte mich um und ging wieder ins Bett. Das Klopfen war verstummt.

„Jetzt hat es aufgehört, seltsam was war das Liebling?", fragte Sophia.

„Vielleicht war es nur die Heizung, in so alten Gebäuden verursacht das Heizsystem manchmal Geräusche, besonders wenn sich Luft in den Heizkörpern befindet. Ich werde die Heizkörper morgen entlüften.", antwortete ich.

Das waren nicht die Heizkörper, schoss es mir in den Kopf, doch wollte ich meine Frau nicht beunruhigen.

Hatte wirklich jemand geklopft oder hatten meine Frau und ich uns das alles nur eingebildet?

Ich drehte mich um und ging wieder ins Bett.

„Jetzt ist das Klopfen weg.", sagte Sophia.

„Das war Wendy, sie glaubt, dass in ihrer Wand ein Mädchen wohnt, mit dem sie spricht."

„Unsere Tochter hat eine Fantasiefreundin wie bitte? Nein das kann ich nicht glauben, nicht mehr in dem Alter."

„Wahrscheinlich ist sie einsam und erfindet deswegen imaginäre Personen."

„Aber Schatz unsere Tochter hat doch genügend Freunde. Sie hat Anna, Olivia, Charlotte und Isabell mit denen sie häufiger spielt. Wendy ist für nächste Woche auch auf den Geburtstag von Olivia eingeladen. Olivias Mutter hat es mir selbst erzählt und ich habe mit eigenen Augen die Einladungskarte gesehen."

„Ich habe auch keine Erklärung für dieses seltsame Verhalten, aber ich glaube, dass das nur Phase ist. Du wirst sehen, in ein paar Monaten wird unsere Tochter die imaginäre Freundin vergessen haben." , sagte ich und nahm meine Frau in den Arm.

„Sollten wir nicht vielleicht mit ihr zu einem Psychologen gehen?"

„Warum, weil unsere Tochter mit einer unsichtbaren Freundin spricht. Ich bitte dich viele Kinder haben imaginäre Freunde. Als ich ein kleiner Junge war, gab es bei uns in der Gegend einen Jungen, der glaubte, Batman wäre sein Freund und er könnte in sehen."

Sophia lachte, dann sagte sie: „Bitte was er könne Batman sehen?"

„Ja, Kinder haben manchmal eine blühende Fantasie. Wer weiß, vielleicht wird aus unserer Tochter mal eine berühmte Autorin. Keine Angst Schatz ich werde die Augen offen halten und sollte mir irgendetwas seltsam vorkommen, dann können wir immer noch etwas unternehmen. Einverstanden?", sagte ich.

Meine Frau nickte.

Am nächsten Morgen war meine Tochter schon vor uns auf und hatte, als wir in die Küche kamen bereits den Frühstückstisch gedeckt. Meine Frau und ich waren überrascht, denn normalerweise weckten wir unsere Tochter.

„Guten Morgen mein Engel, was ist denn mit dir heute Morgen los, dass du schon so früh auf bist und den Frühstückstisch deckst?" , fragte ich.

„Ich war bereits wach und dachte, dann kann ich auch gleich aufstehen und schon einmal den Frühstückstisch decken."

„Sie mich mal bitte an, hast du letzte Nacht überhaupt geschlafen?"

Als Wendy mich ansah, bestätigte sich meine Vermutung. Um ihre Augen lagen dunkle Ringe. Sie hatte garantiert kein Auge zugemacht.

„Doch Daddy ich habe gut geschlafen."

„Na, na, was haben wir dir erzählt, was geschieht kleinen Kindern, wenn sie lügen?"

„Sie bekommen einen lange Nase."

„Eine lange Nase wie Pinocchio und wenn ich das richtige sehe, ist deine Nase gerade ein Stück länger geworden."

„Das wäre für einen Tag mit Sicherheit lustig.", sagte Wendy und kicherte.

„Aber die Nase bleibt einige Wochen und Monate so lang, bis du nicht mehr schwindelst."

„Aber Daddy ich will nicht Monate lang eine lange Nase haben."

„Dann sag mir schnell die Wahrheit dann wird die Nase wieder kleiner."

Meine Tochter fasste sich an die Nase und kicherte.

„Mach dich für die Schule fertig ja und dann komm runter frühstücken.", sagte ich und verließ ihr Zimmer.

„Ich glaube nicht, dass du dir Sorgen machen musst Liebling, unserer Tochter geht es gut. Okay sie hat letzte Nacht nicht viel geschlafen, aber sowas kommt schon mal vor.", sagte ich zu meiner Frau, als ich die Küche betrat.

Meine Frau drehte sich zu mir um und sagte: „Ich weiß nicht, ich habe ein seltsames Gefühl, vielleicht sollte ich doch lieber mit ihr zum Arzt gehen."

„Ich habe es dir schon letzte Nacht gesagt, mit unserer Tochter ist alles in Ordnung."

Da erklang es wieder, das Klopfen in den Wänden, klopf – klopf – klopf. Einmal kurz, einmal lang, einmal kurz, dreimal kurz, zweimal lang, zweimal lang, zweimal lang, zweimal kurz, zweimal kurz, einmal lang, zweimal kurz einmal lang, einmal lang, einmal kurz, dreimal kurz.

„Schatz was hörst du da?, fragte Sophia.

„Sei mal kurz still, ich habe es gleich."

„Gib mit bitte einen Zettel und einen Stift.", sagte ich zu meiner Frau.

Als meine Frau mir den Zettel und den Stift brachte, setzte ich mich auf Wendys Bett und begann die Nachricht aufzuschreiben, sie lautete:

Komm zu uns.

Wie gebannt starrte ich auf den Zettel, ich lauschte erneut, um die Botschaft zu überprüfen, es bestand kein Zweifel, das Klopfen hinter der Wand, waren Morsezeichen. Was hatte das zu bedeuten? Hatten wir einen Untermieter im Haus, ohne das wir etwas davon mitbekommen hatten? Wie war das möglich? Wie konnte jemand hinter der Wand leben? Ich lauschte erneut, es bestand kein Zweifel, jemand hinter der Wand sendete Morsezeichen. Alles in meinem Inneren zog sich zusammen. Das Blut in meinen Adern schien zu gefrieren. Sophia schien das Entsetzen in meinen Augen zu bemerken, als ich sie ansah, fragte sie: „Schatz sprich mit mir, was ist los?"

Ich ergriff Sophias Hand, drehte den Kopf in ihre Richtung und sagte: „Ich weiß, das hört sich völlig verrückt an, aber es ist, wie Wendy sagte."

Meine Frau zog eine Augenbraue und hoch und fragte: „Ich verstehe nur Bahnhof, was meinst du? Lass dir doch nicht jedes Wort aus der Nase ziehen."

„Jemand oder etwas scheint sich hinter dieser Wand zu befinden."

„Wie ist das möglich?", fragte meine Frau, während ihr die Farbe aus dem Gesicht wich.

„Keine Ahnung, aber ich rufe eine Handwerkerfirma, damit sie die Wand aufbrechen."

Die Firma kam, mit einem Stemmeisen und einem Hammer bewaffnet stemmten sie die Wand auf. Staub, Putz wirbelte in der Luft herum und ließ meine Frau und mich husten. Die Männer schlugen ein Loch mit einem Durchmesser von fast 50 Zentimetern in die Wand.

„Haben Sie eine Taschenlampe für mich Sir?", fragte der Handwerker.

Meine Frau reichte dem Mann eine Taschenlampe.

„Ich sollte mich am besten Mal ein wenig umsehen, bei solchen Häusern, weiß man nie, was einem erwartet. Die Wand ist von innen hohl. Warten Sie am besten hier, ich bin gleich wieder da."

Meine Frau und ich nickten, als der Handwerker durch die Öffnung trat.

Wir vernahmen seine Schritte, die sich Richtung Westen bewegten. Dass die Wände innen hohl waren, war uns bereits damals aufgefallen, hatte meine Frau und mich aber nie gestört.

„Oh mein Gott, was ist, denn hier passiert?", vernahmen wir die Stimme des Handwerkers.

„Brauchen Sie Hilfe, warten Sie ich komme.", sagte ich, schnappte mir eine Taschenlampe und eilte durch das Loch. Es war dunkel, die Luft war stickig. Spinnenweben hingen von der Decke herab. Der Gang war so schmal, dass keine zwei Personen nebeneinander laufen konnten. Ein modriger Gestank gepaart mit einem süßlichen Geruch stieg mir entgegen. Warum hatten meine Frau und ich diesen Geruch nie wahrgenommen? Was erwartete mich, lag da hinten ein toter Hund oder eine tote Katze? Langsam schritt ich voran, die Bodenplatten knarzten unter meinem Gewicht. Der Geruch wurde mit jedem Schritt, den ich vorwärtskam stärker. Ich schlug mir eine Hand vor den Mund und würgte. Mein Frühstück arbeitete sich langsam seinen Weg von meinem Magen nach oben. Ein säuerlicher Geschmack legte sich auf meine Zunge. In letzte Sekunde gelang es mir, den Impuls zu unterdrücken. Ich erreichte den Handwerker, der mir mit einem kreidbleichen Gesicht entgegenkam.

„Was ist?", fragte ich ihn, aber er reagierte nicht, sondern starrte einfach nur ins Leere. Langsam ließ ich die Taschenlampe sinken. Als ich das Licht zu Boden gleiten ließ, gelang es mir nur mit Mühe, einen Schrei zu unterdrücken. In dem Gang lag der verwesende Körper eines kleinen Mädchens. Spinnen hatten sich in den Haaren des Mädchens eine Behausung gebaut. Maden krochen über ihre verwesenden Körper, auf der Suche nach einem Leckerbissen. Auf ihren Händen und Füßen befanden sich rot - violette Flecken. Der leblose Körper des Mädchens starrte mit weit aufgerissenen Augen ins Leere. Den Mund zu einem stummen Schrei geöffnet.

Meine Frau und ich riefen die Polizei, die dafür sorgten, dass der Körper des Kindes in die Gerichtsmedizin gebracht wurde. Seitdem wurde meine Familie und ich nie wieder von paranormalen Ereignissen heimgesucht.

Mein Name ist Mark Clayton, ich lebe mit meiner Frau und meiner Tochter in Portland Maine in den USA. Ich bin mit meiner Familie erst vor vier Wochen nach Portland gezogen. Nette freundliche Menschen und nicht so ein Gedränge und Gestank wie in der Großstadt. Ich arbeite als Werbe- und Seo – Texter für eine Werbeagentur in Boston Maine. Neben meinem Job als Werbetexter helfe ich manchmal älteren Menschen bei PC-Problemen aus. Meine Frau Sophia arbeitet als Bedienung bei Mc Dondalds. Nebenbei strickt oder näht sie Kleidungsstücke wie Socken, Schals oder Pullover, welche sie auf Flohmärkten und im Internet verkauft. Außerdem hilft sie ab und zu Frau Turner, einer älteren Dame, bei uns in der Nachbarschaft. Sophia geht für Frau Turner einkaufen, oder putzt Frau Turners Wohnung. Vor sechs Jahren kam unsere Tochter Wendy auf die Welt. Ich kann mich noch gut an den Moment erinnern, als ich im Kreißsaal die Hand meiner Frau hielt, während sie unsere Tochter auf die Welt brachte. Ich habe selbst die Nabelschnur durchgetrennt und sie da erste Mal gebadet. Es war einer der schönsten Momente in unserem Leben. Unsere Tochter besucht die erste Klasse der Friends School of Portland in Maine. Es war letzte Woche das erste Mal, dass ich das Klopfen an den Wänden hörte. Erst glaubte ich, würde mir das Geräusch nur einbilden, aber auch meine Frau setzte sich im Bett auf und fragte: „Was ist das? Wer klopft da?"

„Keine Ahnung ich weiß es nicht. Hallo, ist da jemand?" ‚rief ich in unser Schlafzimmer, aber niemand antwortete. Ich schaltete die Lampe auf meinen Nachttisch ein aber außer meiner Frau und ich war niemand hier. Mein Blick fiel auf den Digitalwecker, es war genau 0:00 Uhr. Ich stand auf und ging in die Küche, um mir etwas zu trinken zu holen. Als ich am Zimmer meiner Tochter vorbeiging, hörte ich, wie sie leise mit jemanden sprach. Ich trat näher an ihre Zimmertür heran und lauschte.

„Wo kommst du her?", hörte ich Wendy sagen.

Ein kalter Schauer lief mir über den Rücken, wie war jemand mitten in der Nacht in ihr Zimmer gekommen, ohne das die Alarmanlage losging? Ich schüttelte den Gedanken ab, das war lächerlich, wahrscheinlich hatte sie wie viele andere Kinder in ihrem Alter einfach eine Fantasiefreundin erschaffen. Ich öffnete die Zimmertür und trat ein.

„Guten Abend Schatz mit wem hast du da gesprochen?", fragte ich.

„Mit dem Mädchen, welches in meiner Wand wohnt.", antwortete Wendy.

„In deiner Wand und wie heißt das Mädchen?", fragte ich und musste innerlich grinsen. Kinder konnten eine blühende Fantasie haben.

„Ich darf dir nicht sagen, wer das ist.", dann legte sie einen Zeigefinger auf die Lippen.

Ich tat es meiner Tochter gleich, ging ein paar Schritte auf sie zu und sagte: „Genug gespielt, jetzt wird geschlafen. Okay?"

Wendy nickte. Ich gab meiner Tochter einen Kuss auf die Stirn und verließ das Zimmer. Einige Sekunden blieb ich vor der Zimmertür stehen und lauschte, es war still. Ich drehte mich um und ging wieder ins Bett. Das Klopfen war verstummt.

„Jetzt hat es aufgehört, seltsam was war das Liebling?" , fragte Sophia.

„Vielleicht war es nur die Heizung, in so alten Gebäuden verursacht das Heizsystem manchmal Geräusche, besonders wenn sich Luft in den Heizkörpern befindet. Ich werde die Heizkörper morgen entlüften." , antwortete ich.

Das waren nicht die Heizkörper, schoss es mir in den Kopf, doch wollte ich meine Frau nicht beunruhigen.

Hatte wirklich jemand geklopft oder hatten meine Frau und ich uns das alles nur eingebildet?

Ich drehte mich um und ging wieder ins Bett.

„Jetzt ist das Klopfen weg.", sagte Sophia.

„Das war Wendy, sie glaubt, dass in ihrer Wand ein Mädchen wohnt, mit dem sie spricht."

„Unsere Tochter hat eine Fantasiefreundin wie bitte? Nein das kann ich nicht glauben, nicht mehr in dem Alter."

„Wahrscheinlich ist sie einsam und erfindet deswegen imaginäre Personen."

„Aber Schatz unsere Tochter hat doch genügend Freunde. Sie hat Anna, Olivia, Charlotte und Isabell mit denen sie häufiger spielt. Wendy ist für nächste Woche auch auf den Geburtstag von Olivia eingeladen. Olivias Mutter hat es mir selbst erzählt und ich habe mit eigenen Augen die Einladungskarte gesehen."

„Ich habe auch keine Erklärung für dieses seltsame Verhalten, aber ich glaube, dass das nur Phase ist. Du wirst sehen, in ein paar Monaten wird unsere Tochter die imaginäre Freundin vergessen haben.", sagte ich und nahm meine Frau in den Arm.

„Sollten wir nicht vielleicht mit ihr zu einem Psychologen gehen?"

„Warum, weil unsere Tochter mit einer unsichtbaren Freundin spricht. Ich bitte dich viele Kinder haben imaginäre Freunde. Als ich ein kleiner Junge war, gab es bei uns in der Gegend einen Jungen, der glaubte, Batman wäre sein Freund und er könnte in sehen."

Sophia lachte, dann sagte sie: „Bitte was er könne Batman sehen?"

„Ja, Kinder haben manchmal eine blühende Fantasie. Wer weiß, vielleicht wird aus unserer Tochter mal eine berühmte Autorin. Keine Angst Schatz ich werde die Augen offen halten und sollte mir irgendetwas seltsam vorkommen, dann können wir immer noch etwas unternehmen. Einverstanden?", sagte ich.

Meine Frau nickte.

Am nächsten Morgen war meine Tochter schon vor uns auf und hatte, als wir in die Küche kamen bereits den Frühstückstisch gedeckt. Meine Frau und ich waren überrascht, denn normalerweise weckten wir unsere Tochter.

„Guten Morgen mein Engel, was ist denn mit dir heute Morgen los, dass du schon so früh auf bist und den Frühstückstisch deckst?", fragte ich.

„Ich war bereits wach und dachte, dann kann ich auch gleich aufstehen und schon einmal den Frühstückstisch decken."

„Sie mich mal bitte an, hast du letzte Nacht überhaupt geschlafen?"

Als Wendy mich ansah, bestätigte sich meine Vermutung. Um ihre Augen lagen dunkle Ringe. Sie hatte garantiert kein Auge zugemacht.

„Doch Daddy ich habe gut geschlafen."

„Na, na, was haben wir dir erzählt, was geschieht kleinen Kindern, wenn sie lügen?"

„Sie bekommen einen lange Nase."

„Eine lange Nase wie Pinocchio und wenn ich das richtige sehe, ist deine Nase gerade ein Stück länger geworden."

„Das wäre für einen Tag mit Sicherheit lustig.", sagte Wendy und kicherte.

„Aber die Nase bleibt einige Wochen und Monate so lang, bis du nicht mehr schwindelst."

„Aber Daddy ich will nicht Monate lang eine lange Nase haben."

„Dann sag mir schnell die Wahrheit dann wird die Nase wieder kleiner."

Meine Tochter fasste sich an die Nase und kicherte.

„Mach dich für die Schule fertig ja und dann komm runter frühstücken.", sagte ich und verließ ihr Zimmer.

„Ich glaube nicht, dass du dir Sorgen machen musst Liebling, unserer Tochter geht es gut. Okay sie hat letzte Nacht nicht viel geschlafen, aber sowas kommt schon mal vor.", sagte ich zu meiner Frau, als ich die Küche betrat.

Meine Frau drehte sich zu mir um und sagte: „Ich weiß nicht, ich habe ein seltsames Gefühl, vielleicht sollte ich doch lieber mit ihr zum Arzt gehen."

„Ich habe es dir schon letzte Nacht gesagt, mit unserer Tochter ist alles in Ordnung."

Da erklang es wieder, das Klopfen in den Wänden, klopf – klopf – klopf. Einmal kurz, einmal lang, einmal kurz, dreimal kurz, zweimal lang, zweimal lang, zweimal lang, zweimal kurz, zweimal kurz, einmal lang, zweimal kurz einmal lang, einmal lang, einmal kurz, dreimal kurz.

„Schatz was hörst du da?, fragte Sophia.

„Sei mal kurz still, ich habe es gleich."

„Gib mit bitte einen Zettel und einen Stift.", sagte ich zu meiner Frau.

Als meine Frau mir den Zettel und den Stift brachte, setzte ich mich auf Wendys Bett und begann die Nachricht aufzuschreiben, sie lautete:

Komm zu uns.

Wie gebannt starrte ich auf den Zettel, ich lauschte erneut, um die Botschaft zu überprüfen, es bestand kein Zweifel, das Klopfen hinter der Wand, waren Morsezeichen. Was hatte das zu bedeuten? Hatten wir einen Untermieter im Haus, ohne das wir etwas davon mitbekommen hatten? Wie war das möglich? Wie konnte jemand hinter der Wand leben? Ich lauschte erneut, es bestand kein Zweifel, jemand hinter der Wand sendete Morsezeichen. Alles in meinem Inneren zog sich zusammen. Das Blut in meinen Adern schien zu gefrieren. Sophia schien das Entsetzen in meinen Augen zu bemerken, als ich sie ansah, fragte sie: „Schatz sprich mit mir, was ist los?"

Ich ergriff Sophias Hand, drehte den Kopf in ihre Richtung und sagte: „Ich weiß, das hört sich völlig verrückt an, aber es ist, wie Wendy sagte."

Meine Frau zog eine Augenbraue und hoch und fragte: „Ich verstehe nur Bahnhof, was meinst du? Lass dir doch nicht jedes Wort aus der Nase ziehen."

„Jemand oder etwas scheint sich hinter dieser Wand zu befinden."

„Wie ist das möglich?", fragte meine Frau, während ihr die Farbe aus dem Gesicht wich.

„Keine Ahnung, aber ich rufe eine Handwerkerfirma, damit sie die Wand aufbrechen."

Die Firma kam, mit einem Stemmeisen und einem Hammer bewaffnet stemmten sie die Wand auf. Staub, Putz wirbelte in der Luft herum und ließ meine Frau und mich husten. Die Männer schlugen ein Loch mit einem Durchmesser von fast 50 Zentimetern in die Wand.

„Haben Sie eine Taschenlampe für mich Sir?", fragte der Handwerker.

Meine Frau reichte dem Mann eine Taschenlampe.

„Ich sollte mich am besten Mal ein wenig umsehen, bei solchen Häusern, weiß man nie, was einem erwartet. Die Wand ist von innen hohl. Warten Sie am besten hier, ich bin gleich wieder da."

Meine Frau und ich nickten, als der Handwerker durch die Öffnung trat.

Wir vernahmen seine Schritte, die sich Richtung Westen bewegten. Dass die Wände innen hohl waren, war uns bereits damals aufgefallen, hatte meine Frau und mich aber nie gestört.

„Oh mein Gott, was ist, denn hier passiert?", vernahmen wir die Stimme des Handwerkers.

„Brauchen Sie Hilfe, warten Sie ich komme.", sagte ich, schnappte mir eine Taschenlampe und eilte durch das Loch. Es war dunkel, die Luft war stickig. Spinnenweben hingen von der Decke herab. Der Gang war so schmal, dass keine zwei Personen nebeneinander laufen konnten. Ein modriger Gestank gepaart mit einem süßlichen Geruch stieg mir entgegen. Warum hatten meine Frau und ich diesen Geruch nie wahrgenommen? Was erwartete mich, lag da hinten ein toter Hund oder eine tote Katze? Langsam schritt ich voran, die Bodenplatten knarzten unter meinem Gewicht. Der Geruch wurde mit jedem Schritt, den ich vorwärtskam stärker. Ich schlug mir eine Hand vor den Mund und würgte. Mein Frühstück arbeitete sich langsam seinen Weg von meinem Magen nach oben. Ein säuerlicher Geschmack legte sich auf meine Zunge. In letzte Sekunde gelang es mir, den Impuls zu unterdrücken. Ich erreichte den Handwerker, der mir mit einem kreidbleichen Gesicht entgegenkam.

„Was ist?", fragte ich ihn, aber er reagierte nicht, sondern starrte einfach nur ins Leere. Langsam ließ ich die Taschenlampe sinken. Als ich das Licht zu Boden gleiten ließ, gelang es mir nur mit Mühe, einen Schrei zu unterdrücken. In dem Gang lag der verwesende Körper eines kleinen Mädchens. Spinnen hatten sich in den Haaren des Mädchens eine Behausung gebaut. Maden krochen über ihre verwesenden Körper, auf der Suche nach einem Leckerbissen. Auf ihren Händen und Füßen befanden sich rot - violette Flecken. Der leblose Körper des Mädchens starrte mit weit aufgerissenen Augen ins Leere. Den Mund zu einem stummen Schrei geöffnet.

Meine Frau und ich riefen die Polizei, die dafür sorgten, dass der Körper des Kindes in die Gerichtsmedizin gebracht wurde. Seitdem wurde meine Familie und ich nie wieder von paranormalen Ereignissen heimgesucht.

Schlafwandler

Mein Name ist Tom, Hawkings, ich bin 10 Jahre alt und sitze zurzeit in der Kinder - und Jugendpsychiatrie auf der geschlossenen Abteilung. Morgen um 7.00 Uhr stehen wir auf, um 7.15 frühstücken wir gemeinsam. Ich weiß nicht, warum ich hier bin. Mein Therapeut hat mir gesagt, dass er genau das herausfinden möchte. Er ist sehr nett und verständnisvoll. Gestern hat er mich hypnotisiert um in mein Unterbewusstsein dringen zu können. Ich selbst kann mich an diesen Vorfall überhaupt nicht erinnern. Wo ist Micha mein kleine sechs Jahre alte Schwester? Warum besucht sie mich nie? Mama und Papa besuchen mich jedes Wochenende, aber Micha meine Schwester kommt nie mit. Immer wenn ich Papa und Mama nach Micha frage, weint Mama und fängt an zu schreien. Sie sagt dann immer, ich solle aufhören, ich solle aufhören, von Micha zu reden. Warum wird Mama immer hysterisch, weint und kreischt, wenn ich Micha erwähne? Wieso sagt mir niemand etwas? Was ist mit meiner Schwester? Warum kommt meine Schwester nicht mit? Hat Micha mich nicht mehr lieb? Warum weint Mama immer? Warum fragt sie immer, warum hast du das getan? Hast du deine Schwester nicht lieb? Natürlich habe ich meine Schwester lieb, was soll ich denn getan haben. Warum darf ich nicht wieder nach Hause? Mama und Papa meinen ich sei hier, weil ich krank wäre. Wieso krank? Ich fühle mich ganz gesund. Seltsamerweise trägt Mama seit neusten immer schwarze Sachen, früher hat sie sich immer farbenfroh angezogen, rote Blusen, grüne Blusen, usw. Aber seit ich hier bin, trägt sie schwarz, sie lächelt nicht mehr und auch Papa sieht mich neuerdings immer mit so einem seltsamen Blick an. Er redet nicht mehr, er schenkt mir nur einen stummen Gruß, falls er mich überhaupt mal besuchen kommt. Meistens kommt Mama allein. Hier sind auch viele andere Kinder, wir spielen zusammen mit Bauklötzen oder Autos. Mein bester Freund Ben ist im Fußballverein. Da möchte ich auch gern reingehen, aber meine Eltern erlauben es mir nicht. Sie meinen ich solle noch ein paar Jahre warten. Aber Micha geht einmal die Woche zum Ballettunterricht und zum Reiten. Meine Eltern meinten, der Sport sei nicht so gefährlich wie Fußball. Manchmal wünschte ich, meine Schwester würde weggehen, einfach verschwinden, in eine andere Familie oder so. Manchmal wache ich auch an ganz komischen Orten auf. Einmal bin ich ins Bett gegangen und am nächsten Morgen im Badezimmer, in der Küche oder im Wohnzimmer wieder aufgewacht. Ich selbst konnte mich nie daran erinnern, dass ich in der Nacht aufgestanden bin. Ich hatte auch nie geträumt. Aus diesem Grund musste die Tür zu meinem Zimmer immer offenbleiben, damit meine Eltern mitbekamen, wenn ich nachts auf Wanderschaft ging. Jetzt gerade sitze ich bei Dr. Austin im Behandlungszimmer. Mit den Augen verfolge ich das Licht einer kleinen Taschenlampe. Ich bin müde, aus der Ferne höre Dr. Austins Stimme, deine Augenlider werden schwer, so schwer, dass du sie nicht mehr offen halten kannst. Ich schließe die Augen, mein Atem ist ruhig, ich bin wieder zu Hause. Es ist Nacht, ich laufe über den Flur. Ich betrete unsere Küche, laufe über die warmen Fliesen. Wir haben überall Fußbodenheizung, mit einer Hand öffne ich die Schublade, in welcher sich Messer, Gabeln und Löffel befinden. Ich nehme ein großes Messer mit langer Klinge heraus. Mama und Papa benutzen das Messer immer zum Fleisch oder Gemüse schneiden. Mit dem Messer in der Hand verlasse ich die Küche und trete in den Flur. Langsam schleiche ich über dem dunklen Laminat, der Vollmond scheint durch eines der Fenster herein, sodass ich die Umrisse der Kommode und der Garderobe schemenhaft erkenne. Ich bleibe vor der Zimmertür meiner Schwester stehen und nähere mich langsam der Tür. Atem und Puls sind ruhig, meine Augen blicken starr geradeaus. Michas Zimmertür quietscht leise, als ich die Klinke nach unten drücke und die Tür öffne. Im Zimmer ist es dunkel, doch trotz der

Finsternis kann ich Michas Puppen und Ku-
scheltiere erkennen, welche auf dem Fußboden
liegen. Geschickt weiche ich dem Spielzeug
aus und trete neben das Bett meiner kleinen
Schwester. Ein Daumen steckt in ihrem Mund.
Sie schläft tief und fest. Eine Zeitlang bleibe
ich vor ihrem Bett stehen. Ich betrachte sie,
ihre Pferdebettwäsche hebt und senkt sich
leicht bei jedem Atemzug. Ich hebe das Messer
und lass es auf meine Schwester niedersausen,
wieder und wieder und wieder.

Lass es nicht rein

Mein Bruder und ich wohnten zusammen mit meinen Eltern auf dem Land in Beavercreek Ohio. Es gab nur selten Besuch. Auch Autos kamen nur wenige vorbei, aber für meinen Bruder und mich war es der schönste Ort der Welt. Es gab einige Parks die besonders am Wochenende von Touristen und Einheimischen besucht wurden. Außerdem gab es eine Quad- und Mountainbikestrecke, wo Jugendliche und Erwachsene Wettrennen durch teilweise unwegsames Gelände mit Dreck und Schlammlöchern veranstalteten. Es war eines der Highlights des Jahres. Mein Bruder war letztes Jahr auch mitgefahren, es wurde gegrillt, es gab Würstchen mit Kartoffelsalat und für uns Jugendlichen gab es Cola, Fanta und Eis. Auch wenn keine Quadrennen stattfanden, gingen Mike und ich häufiger in den Wald, einmal hatten wir uns eine kleine Holzhütte gebaut. Leider wurde die Hütte von einem Tornado zerstört. Wir schnitzten mit unseren Messern

Speere oder kleine Beile. Spielten fangen, verstecken und manchmal Ritter oder Pirat. Es war etwas schönes, einen großen Bruder zu haben. Manchmal beobachteten wir Tiere mit unseren Ferngläsern, oder wir saßen bei schönem Wetter draußen auf der Veranda bei einem Glas Eistee und unterhielten uns über die unterschiedlichsten Dinge. Mein Bruder war immer für mich da, selbst wenn ich einen Albtraum hatte und nicht mehr allein einschlafen konnte. Mein Bruder hatte mich nie weggeschickt. Oder gesagt er hätte jetzt keine Zeit für mich. Eines Abends unsere Eltern waren bei ein paar Bekannten zu einer Geburtstagsfeier eingeladen, es war an einem Samstag, weshalb wir länger aufbleiben durften. Wir saßen gerade gemeinsam mit einer Tüte Chips und Cola vor dem Fernseher und schauten uns einen Fantasyfilm im Fernsehen an. Ich glaube, es war die unendliche Geschichte von Michael Ende. Draußen war es stockdunkel, nur weiße Schneeflocken tanzten vor unserem Fenster und fielen langsam zu Boden. Morgen früh könnten wir einen Schneemann bauen oder mit unseren Eltern eine Schneeball-schlacht veranstalten. Wir würden unsere Eltern so richtig fertig machen. Ich rieb mir bereits die Hände vor Vorfreude. Ich ging an die Schublade, nahm eine Tüte Chips und eine Packung Erdnüsse heraus und stellte die Sachen auf den Tisch.

„Hey was schauen wir, wenn der Film zu Ende ist?", fragte mich mein kleiner Bruder.

Ich nahm die Fernsehzeitung vom Tisch und blätterte sie durch. Der weiße Hai, Freitag der 13 und danach Poltergeist I. Hoffentlich kamen meine Eltern nicht zu früh wieder, wenn sie mitbekamen, dass ich meinen jüngeren Bruder Horrorfilme zeigte, gäbe es einen riesen Ärger.

„Wie wäre es, mit dem weißen Hai?", fragte ich.

„Au ja in meiner Klasse haben den auch schon welche gesehen. Dann kann ich mal mitreden, wenn die älteren über solche Filme sprechen."

„Aber nur, wenn du unseren Eltern nichts davon erzählst."

„Bestimmt nicht versprochen."

Ich lümmelte mich mit einer Decke aufs Sofa und griff nach den Erdnüssen. Mein Bruder tat es mir gleich. Es war so gegen halb elf, ich ging in die Küche, um mir ein weiteres Glas Cola zu holen, als ich eine seltsame Gestalt mit bleichem Gesicht am Fenster sah, die mich angrinste. Ihr Gesicht war im Schein der Straßenlaterne weiß wie ein Laken. Mir gefror das Blut in den Adern, als das Wesen, es hatte Ähnlichkeit mit einem Zombie wie einem in dieser Horrorfilme. Ich erstarrte mit aufgerissenen Augen starrte ich das Wesen auf der Straße. Es lächelte, aber das war kein freundliches Lächeln. Es war ein falsches Lächeln, das

Glas entglitt meinen Fingern und landete auf den Boden, wo es in tausend Scherben zersprang. Cola spritzte auf meinen Pyjama. Mein Bruder trat in die Küche und fragte: „Hey wo bleibst du? Ist alles in Ordnung?"

Die Starre fiel von mir ab und ich antwortete: „Ja alles okay, mir ist nur mein Glas aus der Hand gerutscht."

Mein Bruder lächelte und sagte: „Kann passieren, kehrst du die Scherben zusammen, ich kümmere mich dann um den Rest."

Plötzlich klingelte es an unserer Haustür, ich erschrak und fuhr zusammen. Was war, wenn es diese Gestalt war, die ich am Fenster gesehen hatte? Unsere Eltern hatten ja einen Schlüssel und wer sollte um die Urzeit bei uns klingeln?

Mein Bruder lächelte. „Das sind wahrscheinlich nur Kinder aus der Nachbarschaft, die uns einen Klingelstreich spielen wollen. Hast du etwa Angst?", fragte mein Bruder.

„Ich habe da draußen jemanden gesehen und ich glaube, es ist keine gute Idee, die Tür zu öffnen. Und deshalb bleibst du von der Tür weg, hast du verstanden,", sagte ich in einem schärferen Ton, als ich beabsichtigt hatte. Mein Bruder fuhr zusammen und schluchzte. Ich nahm ihn in den Arm und sagte: „Tut mir leid, ich wollte dich nicht so anfahren." Plötzlich sah ich, wie eine Hand mit langen spitzen Nägeln durch den Briefkastenschlitz kam. Ich erstarrte. Kalter Schweiß lief meinen Nacken hinab. Mit weit aufgerissenen Augen starrte ich auf die langen spinnenartigen Finger. Ich vernahm ein dämonisches Lachen, nein das war kein Mensch, das war irgendein anderes Wesen. Ich nahm meinen Bruder auf den Arm, der anfing zu weinen, sich ganz fest an mich schmiegte und sagte: „Es soll weggehen, bitte mach, dass es weggeht."

Ich ging mit meinem Bruder in sein Zimmer und sagte: „Ganz ruhig, du musst ganz leise sein. Hast du verstanden Ben? Bleibe hier und versteck dich. Ich werde versuchen, über die 911 Hilfe zu holen." Ich deutete auf den Schrank, mein Bruder ging hinein und schloss die Tür, ohne zu murren.

„Bitte geh nicht, was wenn der böse Mann.."

Mein Bruder verstummte, ich streichelte ihm über die Wange und lächelte.

„Keine Angst der böse Mann wird mich nicht finden, ich werde Hilfe rufen. Mein Smartphone liegt noch im Wohnzimmer. Ich verspreche dir, ich hole nur schnell mein Telefon, um unsere Eltern und die Polizei zu rufen. Dann komme ich wieder und bleibe bei dir, es dauert nur zwei Minuten okay.

„Versprichst du es?", fragte mein Bruder. Ich nahm ihn in den Arm und sagte: „Ich verspreche es dir.

So leise wie möglich jedes Geräusch vermeidend schlich ich mich aus dem Zimmer. Die Zimmertür meines Bruders knirschte leise.

Ich wagte es nicht, das Licht im Flur einzuschalten. Der Korridor lag in völliger Dunkelheit, schemenhaft sah ich dir Umrisse der Kommode und des Sideboards. Dann vernahm ich ein Klopfen, jemand schlug gegen die Tür. Mein Atem stockte, ich hörte ein Knurren, dann schlug es abermals gegen die Tür, sodass der ganze Rahmen erzitterte. Dann klingelte es. Ich könnte hören, wie es knurrte. Es stand direkt vor unserer Haustür. Ich wirbelte herum. Bitte dachte ich, bitte lasse es nicht hier hineinkommen. Als ich mich einigermaßen beruhigt hatte, ließ ich im Bad, in der Küche und im Zimmer meines Bruders, die Roll – Läden herunter. Dabei konnte ich einen kurzen Blick auf das Wesen erhaschen. Im Schein der Straßenlaterne sah ich ein Wesen mit bleichem Gesicht und langen scharfen Zähnen. Seine Augen waren ganz gelb mit einem roten Punkt in der Mitte. In seinem Gesicht und auf seinen Handflächen befanden schwarze Geschwüre, die pulsierten, fast als hätte das Wesen die Beulenpest. Eines dieser Geschwüre platzte auf und ich sah wie Eiter und eine kleine schwarze Spinne aus dem Geschwür und über die Wange des Zombies krabbelte. Das Wesen hob seine Hand, mit seinen langen scharfen Krallen begann es sich die linke Wange aufzukratzen. Hautfetzen, Blut und Eiter lief sein Gesicht hinab. Mir stockte der Atem, es sah aus, als ob es direkt in meine Richtung sah. Dann kam es auf die andere Seite auf unseres Hauses. Ich sah, wie ein Spaziergänger sich dem Wesen näherte. Mach das du wegkommst und rufe um Hilfe dachte ich, aber der Mann starrte weiter auf sein Smartphone, ohne auf das Ungeheuer zu achten. Hatte ich Halluzinationen oder war das alles nur ein Traum? Plötzlich packte der Zombie den Spaziergänger an den Haaren und fuhr mit seinen Krallen durch die Kehle des Mannes, womit es ihm den Kopf von den Schultern trennte. Wie hypnotisiert starrte ich auf den leblosen Körper des Mannes, der auf den Gehweg knallte. Blut, welches im Schein der Lampe ganz schwarz aussah, ergoss sich auf dem Boden. Der Zombie hob den Kopf seines Opfers und drehte ihn so, dass ich in sein Gesicht sehen konnte. Der Mund des Mannes war zu einem Schrei geöffnet. Die Augen weit aufgerissen. Das Wesen hob den Kopf und ließ sich das herunterlaufende Blut direkt in den Rachen laufen.

Die Puppeninsel

Ich fuhr zusammen mit Andreas, Bobby und Claus auf einer der berühmten Trajineras, (das sind typische kleine mexikanische Boote, die in buntesten Farben, grün, blau, rot oder gelb angemalt) durch die Kanäle von Xocimilco fahren. Am Rande der Kanäle waren Stände aufgebaut, an denen die Einheimischen Blumen, selbstgebackene Tortillas, oder gefüllte Boritos anboten. Der Geruch dieser gebackenen Köstlichkeiten ließ uns das Wasser im Munde zusammenlaufen. In den vergangenen Wochen hatten wir Gelegenheit gehabt, die mexikanische Küche kennenzulernen, welche wir schon in Deutschland sehr schätzten.

„Hey Boss ... wie wäre es, wenn wir kurz anhalten, um uns ein paar dieser Leckereien zu genehmigen?", fragte Bobby mit einem verschmitzten Lächeln.

„Bobby du weißt, wir haben nur noch drei Tage Zeit, um alle erforderlichen Ergebnisse zu sammeln und auszuwerten, das geologische

Institut braucht diese Daten dringend. Hast du von diesem Abschnitt bereits eine Wasserprobe genommen? So weit ich weiß, ist die Wasserqualität in diesen Kanälen nicht durchgehend so gut, deshalb wäre es nett, wenn du dich an die Arbeit machst.", sagte ich.

„Zu Befehl Sir"; sagte Bobby in einem schärferen Ton, als sie beabsichtigt hatte. Sie nahm ein paar Reagenzgläser aus ihrem Rucksack und beugte sich über die Reeling. Das Wasser war eiskalt. Weiße Gischt stieg aus den Tiefen der Kanäle empor. Die Trajinera schaukelte bedrohlich, als sich Bobby über die Reling beugte. Ich sah einige Spinnenaffen in den Baumwipfeln umherklettern. Ich zog meine Kamera und schoss ein paar Aufnahmen.

„Andreas steuere auf das Ufer zu und gib mir das Gewehr.", sagte ich. In den vergangenen drei Tagen hatte ich ein paar Spinnenaffen gesehen, aber leider war es mir nicht gelungen einen von ihnen zu betäuben und mit einem Sender zu versehen, diese Affen sind ausgesprochen flink und Meister im klettern. Die

Affen waren schöne sehr liebenswerte Wesen unseres Planeten. Anders als andere Affen besaß diese Art schon fast schlangenähnliche Arme und Beine, Bobby nahm das Gewehr, gab es mir aber nicht, sondern legte selbst an.

„Andreas drei Grad Steuerbord.", sagte Bobby.

Der Bug des Bootes drehte sich langsam nach rechts.

„Verdammt halte das Boot ruhig, so kann ich nicht zielen." , sagte Bobby.

„Ich versuche es ja, gedulde dich bitte einen Moment.", sagte Andreas, als er den Motor abstellte. Bobby drückte ab, aber der Affe verschwand im selben Augenblick in den Tiefen des Dschungels.

„Mist verdammter, hättest du eher angehalten und das Boot nicht so schaukeln lassen, dann hätte ich den Affen garantiert erwischt."; sagte Bobby.

„Ach jetzt ist es also meine Schuld, dass du nicht richtig zielen konntest", sagte Andreas.

„Schluss jetzt hört auf, euch gegenseitig Vorwürfe zu machen. So ist das als Forscher und Biologe manchmal klappt es eben nicht auf Anhieb und das wisst ihr beide. Wir bekommen mit Sicherheit eine neue Chance. Ich meine wir haben doch jede Menge Proben von den unterschiedlichsten Insekten, Pflanzen und Tieren gesammelt. Immerhin haben wir sogar einen Jaguar betäubt und mit einem Sender versehen können. Das Signal ist klar und deutlich er folgt uns, auch wenn wir ihn nicht sehen. Ich bekomme sein Signal ganz deutlich rein. Also macht nicht so einen Wind, nur weil es mal nicht klappt.", sagte ich.

Bobby und Andreas sahen erst mich und dann sich an. Bobby war eine ausgezeichnete Forscherin, mit der ich schon manche Forschungsreise unternommen hatte. Aber sie war manchmal ein wenig zu impulsiv, wenn etwas nicht auf Anhieb funktionierte. Eine Eigenschaft die eigentlich eher gegen eine Karriere als Biologin sprach. Außerdem war sie etwas eigensinnig.

„Bobby in Zukunft folgst du meinen Anweisungen, ich hatte dir gesagt, dass du mir das Gewehr geben sollst. Ich bin der Leiter, der Expedition hast du mich verstanden?"

„Klar und deutlich Boss." , antwortete sie.

In der Ferne vernahmen wir das Brüllen eines Jaguars. Von der Lautstärke her und der Stärke des Signals war es der Jaguar, den wir vor eine paar Tagen markiert hatten. Wir bekamen sein Signal ganz deutlich rein. Er folgte uns. Das war das Schöne an diesem Beruf, er war sehr abwechslungsreich, man war viel draußen an der frischen Luft. Der einzige Nachteil waren die Stunden in Laboren beim Auswerten und ermitteln von gesammelten Daten. Sortieren und katalogisieren von Tierknochen oder Fäkalien. Wir führten genau Buch über jede noch so kleine Ausgabe. Das waren die Aufgaben, die keiner aus meinem Team gerne machte. In unserem Beruf durfte man nicht zimperlich sein und man durfte sich nicht vor Exkrementen oder Eingeweiden ekeln. Aber welcher Beruf hatte nicht seine Schattenseiten?

„Andreas was ist, eigentlich mit dieser sagen umwobenen Insel auf der jede Menge Puppen hängen sollen?", fragte Bobby.

Ich hatte von dieser Insel gehört, war selbst jedoch noch nie dagewesen. Ich hatte schon lange vor die Insel zu besuchen. Der Legende nach sollte ein Blumenzüchter und Fischer namens Juliàn Santa Barrera dort 1951 die Leiche eines kleinen Mädchens entdeckt haben, welches an die Insel gespült worden ist. Juliàn behauptete später, vom Geist des toten Mädchens heimgesucht worden zu sein. Aus diesem Grund hing er überall Puppen auf, um das tote Mädchen von der Insel fernzuhalten, ein seltsamer Zufall war es, dass der Blumenzüchter im Jahre 2001 ertrank, und zwar an derselben Stelle, an welcher er vor 50 Jahren das kleine Mädchen gefunden hatte. Ich hatte keine Lust, die Insel zu untersuchen.

„Eigentlich wollte ich nach Hause fahren, was wollen wir dort? Wir sind schon jetzt seit fast einer Woche hier und ehrlich gesagt freue ich mich auf mein Bett, darauf meine Frau wiederzusehen und auf eine heiße Dusche.", sagte ich.

„Ach komm schon, sei kein Spielverderber, vielleicht können wir dort ja auch noch etwas Interessantes entdecken? Und mal ehrlich dich reizt diese Insel doch auch, habe ich nicht recht? Und wenn wir schon mal vor Ort sind, dann können wir uns die Insel auch jetzt gleich mal ansehen.", sagte Bobby.

Ich schluckte, ich war überrascht, wie gut Bobby mich kannte. Nur hatte ich vorgehabt diese an einem anderen Tag unter die Lupe zu nehmen.

„Na gut du Quälgeist du gibst ja eh keine Ruhe, aber spätestens morgen früh will ich auf dem Weg nach Hause sein verstanden?", sagte ich.

Bobby klatschte in die Hände und grinste breit.

Andreas klopfte mir auf die Schulter und sagte: „Danke Chef du bist eigentlich gar kein übler Kerl."

„Hey was soll das denn heißen?"; sagte ich mit einem Grinsen auf den Lippen. Andreas warf den Motor an und wir fuhren Richtung Süden. Wir sahen mehrere kleine Inselgruppen. Die Puppeninsel war schon von Weitem zu erkennen. Die Insel war fast komplett grün, sogar ein Haus stand am Rande des Ufers, ich sah einige Mahagoni Bäume sowie den Cebab Baum, der häufig im Regenwald von Mexiko zu finden ist. In den Kronen der Bäume an ihren Stämmen und Ästen hingen unzählige alte Puppen, die sich langsam im Wind hin und her bewegten, sodass sie fast lebendig wirkten. Ich nahm meine Videokamera, um einige Aufnahmen zu machen. Manchen Puppen fehlten einige Gliedmaße, wie ein Arm oder ein Bein. Einigen Puppen waren sogar die Augen ausgestochen worden. Diese Puppen hatten wirklich etwas Gespenstisches an sich. Viele der Puppen waren mit Spinnenweben übersät. In einem Punkt hatte Bobby recht, diese Insel war wirklich beeindruckend. Ich bekam das seltene Vergnügen zu beobachten, wie eine Schwarze Witwe ihr Netz baute. Ich nahm die Spinne mit der Videokamera auf. Spinnen waren auf meinen Forschungsreisen immer die spannendsten und fasziniertesten Tiere gewesen. Manchmal träumte ich davon selbst eine Vogelspinne oder eine Würgeschlange wie eine Boa constrictor als Haustier zu halten. Leider war ich aufgrund meines Berufes nur sehr selten zuhause, weshalb ich kaum Zeit fand, mich außerhalb meiner Tätigkeit um ein Tier zu kümmern. Auch wenn Schlangen und Vogelspinnen im Vergleich zu anderen Lebewesen sehr wenig Futter benötigten.

Ich sah einige Sumpfzypresse, konnte jedoch kaum Tiere auf der Insel finden, was seltsam war. Wahrscheinlich wurden die meisten Tiere durch Touristen verscheucht, vermutete ich. Es war eigenartig, ich ging Richtung Westen. Ich hatte das Gefühl, dass die Puppen jeden meiner Bewegungen aus ihren toten Augen beobachteten. Meine Nackenhaare richteten sich auf und ein kalter Schauer lief mir über den Rücken. Auch in den Baumkronen baumelten, Kohlkopfpuppen oder Puppen mit langen blonden, schwarzen oder roten Haaren. Sie trugen eine Schlinge um den Hals, als hätte man sie hinrichten wollen. Das Funkgerät an meinem Gürtel knackte. Aus den Augenwinkeln nahm ich eine Bewegung wahr. Ich drehte mich um. Nur eine Puppe stand auf dem Boden und sah mich an. Ich schluckte und starrte die Puppe mit weit aufgerissenen Augen an. Hatte die Puppe nicht gerade eben noch in der Sumpfzypresse gehangen? Ich sah nach oben und erblickte eine leere Schlinge. Ich schloss die Augen, das geschah doch eben nicht wirklich oder? Von einer Sekunde zur nächsten hatte ich den Eindruck, dass alle Puppen ihre Köpfe bewegten, um jede meiner Bewegungen zu beobachten. Verlor ich den Verstand? Halluzinierte ich? Ich drehte mich erneut um. Waren die Puppen nicht gerade eben noch weiter weg gewesen? Oder hatten bereits am Anfang drei

Puppen auf der Erde gesessen? Ich sah erneut nach oben, zwei weiter Schlingen waren leer. Sie kreisen dich ein, sie wollen dich nicht von hier fortlassen, erklang meine innere Stimme. Schluss, das bildest du dir alles nur ein. Die Puppen hatten von Anfang an auf der Erde gesessen, Puppen konnten nicht umherwandeln. Wahrscheinlich waren sie durch einen Windstoß von den Bäumen gefallen oder die Schnur war durch Witterungsbedingungen gerissen. Nur war es hier absolut windstill. Wie konnten die Puppen von einer Sekunde zur nächsten von den Bäumen gekommen sein? Ich lief ein paar Schritte rückwärts, stolperte über eine Baumwurzel und setzte mich auf den Hosenboden. Ein stechender Schmerz schoss mir ins Steißbein, sodass ich die Lippen aufeinanderpresste. Ich stöhnte unter den Beschwerden auf, während ich mir meine Knochen rieb. Ich blickte auf und sah mich um. Die Puppen waren bis auf zehn Schritte an mich herangekommen. Mein Atem stockte, alles in meinem Inneren zog sich zusammen. Ich zog mein Messer aus dem Halfter, um mich im Notfall verteidigen zu können. Ich griff zum Funkgerät. Die Situation war so surreal, ich wollte mich gegen Puppen verteidigen? Ich war Wissenschaftler und Puppen konnten sich nicht bewegen. Oder etwa doch? Wurde ich krank, hatte ich Fieber und ließ das Fieber mich halluzinieren? Mir war heiß und kalt zugleich. Das musste es sein. Das Herz in meiner Brust schlug schneller. Ich betätigte mein Funkgerät und rief: „Bobby wo bist? Kommen, Bobby bitte kommen." Ich bekam jedoch nur statisches Rauschen zu hören.

„Chef sind Sie da Chef? Hier stimmt etwas nicht, hier stimmt etwas ganz und gar nicht.", vernahm ich Andreas Stimme aus dem Funkgerät.

„Andreas, bist du? Ist Bobby bei dir?"

„Bobby ist nicht bei mir, aber die Puppen, die Puppen." ‚erklang seine Stimme aus dem Funkgerät. Ich hatte den Eindruck, als schwang ein Anflug von Panik oder Angst in seiner Stimme mit.

„Andreas, kannst du mir deine Position durchgeben, dann komme ich dich abholen.", fuhr ich fort.

Ich vernahm einen entsetzlichen Schrei, der mir durch Mark und Bein fuhr.

„Andreas, bist du noch da? Andreas, bitte melde dich.", rief ich ins Funkgerät, aber die Verbindung war unterbrochen.

Ich wechselte den Kanal und sagte: „Bobby bist du da? Bobby bitte melde dich verdammt noch mal.", sagte ich.

„Hier ist Bobby, was ist los Chef?"

„Ich glaube, Andreas hat sich verletzt, kennst du seine momentane Position?"

„Nicht genau Boss, aber er müsste ungefähr einen halben Kilometer vor mir befinden, wenn mich nicht alles täuscht.", sagte Bobby.

„Bobby suche nach Andreas und wenn du ihn findest, melde dich bei mir, ich glaube, er hat sich verletzt. Wenn du ihn in einer halben Stunde nicht gefunden hast, so kehre zu unserer Anlegestelle zurück und warte dort auf mich. Verstanden?", fragte ich.

„Verstanden Boss. Ist bei dir und Claus alles in Ordnung?"

„Ich dachte, Claus wäre bei dir Bobby?"

„Negativ Chef ich weiß nicht, wo sich Claus befindet."

Eine unglaubliche Wut kam über mich. Ich ballte die Hände zu Fäusten, dann brüllte ich: „Verdammt noch mal, ich dachte, ich hätte mich klar genug ausgedrückt, dass keiner allein auf Entdeckungsreise geht. Wieso macht hier eigentlich jeder, was er will?"

„Hey jetzt beruhige dich, Claus ist alt genug und kein kleiner Junge mehr, wenn ihm etwas passiert wäre, dann hätte er Feuer gerufen oder uns angefunkt."

Ich konnte Bobby nicht widersprechen, trotzdem gefiel mir die Sache immer weniger.

„Bobby laufe zu unserer Anlegestelle. Ich versuche, Claus zu erreichen. Wir treffen und dort, dann suchen wir gemeinsam nach Andreas.

„Boos.", vernahm ich Bobbys Stimme.

„Was ist Bobby?"

„Ich weiß nicht, ich bekomme ein ungutes Gefühl, ich glaube, dass mich jemand beobachtet."

Was war hier los? Mein Herz raste. An diesem Ort stimmte etwas ganz und gar nicht. Wir sollten nicht hier sein., meldete sich meine innere Stimme. Wir sollten von hier verschwinden, denn wir sind nicht allein. Das war doch Blödsinn, auf dieser Insel war niemand außer meinem Team und ich. Oder etwa doch nicht?

„Bobby dreh jetzt nicht durch, bleib wo du bist. Ich bin in zehn Minuten bei dir.", sagte ich. Was hatte das alles zu bedeuten? Ich rannte, ich rannte, so schnell mich meine Füße trugen. Ich musste zu Bobby. Ich musste nach Andreas sehen, die Verbindung zu ihm war so plötzlich abgebrochen. Andreas und Bobby brauchten meine Hilfe, waren sie schwer verletzt? Diese Gedanken schossen mir durch den Kopf, während ich rannte, als wäre der Teufel hinter mir her. Das Herz in meiner Brust pochte, ich bekam Seitenstechen, mein Atem flatterte. Schweiß lief meinen Nacken hinab. Auf meinem Hemd bildeten sich dunkle Flecken. Bäume, Sträucher alles flog an mir vorbei. Hin und wieder scherte ich nach links oder rechts aus, um ein paar Sumpfzypresse auszuweichen. Ich weiß nicht wie lange ich rannte, als plötzlich Andreas vor meinen Augen von einem Baum in die Tiefe stürzte. Er baumelte an einem Seil, sein Kopf steckte in einer Schlinge. Ich vernahm ein Lachen, was jedoch auch Einbildung gewesen sein könnte. Sein Bauch war aufgeschnitten, sodass seine Eingeweide aus der Bauchdecke hevorquollen. Dort wo seine Augen hätten sein sollen, befanden sich blutige Höhlen. Wer hatte das getan? Welches Scheusal war zu so einer Tat fähig? Mein Magen drehte sich um, ich wandte mich ab und kotzte auf den Boden. Ich kannte Andreas bereits seit Kindertagen, wir hatten im wahrsten Sinne des Wortes bereits im Sandkasten miteinander gespielt. Vor meinem inneren Auge tauchten Bilder aus vergangenen Tagen auf. Bilder wie wir gemeinsam Segeln waren. Andreas und ich waren nicht nur Biologen gewesen, sondern auch Segler und Sporttaucher. Wir hatten schon manche Küste und manches Riff gemeinsam erkundet. Ich trat zwei Schritte zurück und blieb dann wie angewurzelt stehen. Das Herz in meiner Brust schlug so schnell, dass ich befürchtete, jede Sekunde einen Herzanfall zu erleiden.

„Hörst du mich du mieses Schwein, ich werde die Polizei rufen, die wird dir gehörig den Arsch aufreißen.", schrie ich.

Ich ergriff das Funkgerät und sagte: „Bobby wo bist du? Bobby bitte melde ich. Komm schon Bobby, melde dich verdammt noch mal."

Doch mein Funkgerät blieb stumm.

Hatte der Killer etwa auch Bobby erwischt? Nicht der Killer ... schoss es mir in den Kopf, die Killer. Die Mörder sind die Puppen. Nein das konnte unmöglich sein, das alles lief so falsch. Jeder dem ich das erzählte, würde mich für verrückt erklären und mich einweisen lassen. Vielleicht wird man mir einen Mord anhängen?

„Claus bitte Melde dich, Claus wo bist du verdammte Scheiße?" , rief ich ins Funkgerät, aber auch von Claus erhielt ich keine Antwort. Panik erfasste mich, ich wusste nicht, wohin ich rannte. Meine Lunge brannte und das Seitenstechen wurde mit jeder Minute schlimmer. Mein Atem rasselte. Wie sollten wir drei das nur Andreas Familie beibringen? Sie werden behaupten wir etwas gefunden einen Schatz oder Gold. Wir hätten den Schatz für uns behalten wollen. Darum hätten wir unsere Freunde aus Habgier getötet. Je länger ich darüber nachdachte, desto logischer kam der Gedanke vor. Wer würde schon glauben, dass vier Biologen von Puppen die in Bäumen hingen, umgebracht wurden? Ich wirbelte herum und rannte Richtung Süden. Es dauerte nicht lange, bis ich Claus fand. Er saß auf dem Boden, den Rücken gegen einen Baum gelehnt. Er bemerkte mich nicht.

„Claus, was machst du hier? Steh auf, wir müssen so schnell wie möglich von hier verschwinden."

Doch Claus reagierte nicht.

„Claus ...?", mein Atem stockte.

„C-C-Cl-Claus kommt wir müssen von hier verschwinden und die Polizei alarmieren." , sagte ich.

Ich hielt den Atem an, es fühlte sich an, als ob sich eine unsichtbare Schlinge um meinen Hals legte und mir die Kehle zudrückte. Ich fasste ihn Schulte, aber er war hart wie kaltes Wachs. Ich lief um ihn herum, doch was ich sah, ließ mir das Blut in den Adern gefrieren. Seine Augen, wo zum Teufel waren seine Augen? Er lehnte an dem Baumstamm wie eine dieser Puppen. Ich berührte seine Hand, er war noch warm, das Blut war geronnen. Jemand hatte ihm mit einem Messer die Kehle durchgeschnitten. Meine Beine fühlten sich an wie Wackelpudding, erst Bobby und jetzt Claus. Ich brach an Ort und Stelle zusammen und schrie mir die Seele aus dem Leib. Bis das Geschrei in ein leises Wimmern überging, Tränen liefen meine Wangen hinab. Ich glitt zu Boden, zog die Knie an und blieb zitternd in Embryonalstellung auf dem Boden liegen. Sollte der Killer doch kommen und mich auch zu sich nehmen. Ich weiß nicht, was ich diesem Moment dachte oder fühlte. Ich fühlte überhaupt nichts. Warum war ich mit meinem Team auf diese gottverdammte Insel gefahren? Warum hatte ich nicht darauf bestanden, dass wir nach Hause fuhren? Ich war Schuld, ich war Schuld daran, dass Claus und Claus ihr Leben lassen mussten. Nie wieder konnte ich mit Bobby und Claus gemeinsam grillen oder in den Urlaub fahren. Wir waren nicht nur Arbeitskollegen gewesen, sondern auch Freunde. Eine Träne lief meine Wange hinab, ich wischte sie mit dem Handrücken fort. Andreas und ich saßen auf dieser gottverdammten Insel mitten auf dem Präsentierteller. Wir mussten so schnell wie möglich von dieser Insel kommen. Ich ergriff mein Smartphone und wählte mit zittrigen Fingern Andreas Nummer.

„Andreas bitte kommen, Andreas wo steckst du?", rief ich mein Smartphone. Meine Stimme zitterte. Für eine Sekunde verspürte ich den Drang, in unser Basislager zu laufen, meine Sachen zu packen und zu verschwinden. Ich erschrak über mich selbst bei diesem Gedanken, aber vielleicht hatte Andreas genau das getan? Er war zurück an die Anlegestelle gegangen und wartete dort auf mich. Das Basislager war normalerweise immer der Treffpunkt, an dem es galt zurückzukehren, wenn es gravierende Probleme gab und man keine Hilfe von außen erhalten konnte. Wer auch immer Bobby und Claus auf dem Gewissen hatte, befand sich noch hier auf der Insel. Ich nahm die Beine in die Hand und rannte, als wäre der Teufel hinter mir her. Die Puppen schienen jede meiner Bewegungen aus ihren leblosen Augen heraus zu beobachten. Was war das nur für ein sadistisches Monster? Man brachte doch nicht aus heiterem Himmel jemanden um? War diese Drecksau vielleicht aus irgendeiner Anstalt geflohen? Warum tat die hiesige Polizei dann nichts, um das Scheusal wieder einzufangen? Aus den Augenwinkeln heraus nahm ich eine Bewegung wahr. Es kam mir so vor, als ob die Puppen mich verfolgten. Nicht verfolgen, schoss es mir in den Kopf. Sie kreisen dich ein, verdammte Scheiße, was geschah auf dieser gottverdammten Insel? Ich vernahm ein seltsames Gelächter, es klang wie das Lachen eines Kindes. Dann war es still. Wahrscheinlich hatte ich mir das alles nur eingebildet. Was war mit Andreas? War er noch am Leben oder war ebenfalls ermordet worden? Ich schluckte, daran durfte ich nicht mal denken. Ich sollte positiv denken. Andreas war nicht tot, wahrscheinlich befanden wir uns in einem Funkloch.

„Andreas, wo bist du? Bitte gebe mir deine Position durch?", sagte ich, erhielt jedoch keine Antwort. Hinter mir vernahm ich abermals dieses seltsame Lachen. Ich erschrak und rannte, rannte, als wäre der Teufel hinter mir her. Das Gelächter hinter mir verstummte jedoch nicht, im Gegenteil, es schien von allen Seiten zu kommen. Es war vor mir, hinter mir, das Gelächter war rechts von mir und links. Was war hier los? Ich nahm meinen ganzen Mut zusammen, ballte die Hände zu Fäusten und rief: „Hallo wer ist da? Komm heraus und zeige dich. Hast du Bobby und Claus getötet? Ist dir dabei einer abgegangen du mieses Schwein?" Niemand antwortete. Ich erhob erneut das Funkgerät und rief: „Andreas kommen, Andreas bitte gib deine Position durch. Kommen."

Meine Hände zitterten, meine Lunge brannte, mein Atem flatterte.

Die Puppen. , schoss es mir in den Kopf, *die Puppen verfolgen dich. Sie wollen dich töten, so wie sie auch Bobby, Claus getötet haben.*

War Andreas ihnen entwischt, war er noch am Leben oder war er ihnen ebenfalls zum Opfer gefallen? Ich bekam Seitenstechen, Schweiß lief in Strömen meinen Nacken hinab. Sie verfolgen mich. Hatte es Andreas zum Treffpunkt geschafft? In meinen Ohren erklang ein höhnisches Gelächter, welches mir durch Mark und Bein fuhr. Sollte ich eventuell bei der Polizei eine Vermisstenmeldung aufgeben und dabei die Insel verschweigen. Doch was, wenn sie die Insel absuchten und die Leichen entdeckten? Dann saß ich ziemlich in der Klemme, aber spielte das überhaupt noch eine Rolle? Ich musste hier weg, runter von dieser Insel verschwinden, meine Frau anrufen, vielleicht wusste sie einen Rat? Verdammte Scheiße was sollte ich nur tun? Welcher Mensch war zu so einer Tat nur fähig? Was hatten Bobby und Claus den getan, dass sie auf diese Weise ihr Leben lassen mussten. Wir hatten gemeinsam viele lebensgefährliche Situationen gemeistert. Wir waren auf unseren Forschungsreisen von anderen Völkern überfallen und ausgeraubt worden. Wir hatten uns mitten im nirgendwo die Beine gebrochen, wir hatten uns in tiefster Wildnis manchmal tagelang von Insekten oder Spinnen ernährt. Hatten teilweise bis über die Brust im tiefsten Morast gesteckt, sodass ein anderer unseres Teams oder ich denjenigen rausziehen mussten. Aber nie hatten wir es mit einer unsichtbaren Gefahr zu tun gehabt wie jetzt. Wie kämpfte man gegen einen unsichtbaren Gegner? Einen Feind, der sich lautlos von hinten an einen heranschlich? Ich vernahm ein Knacken hinter mir und wirbelte herum. Nichts, nur eine Puppe lag achtlos weggeworfen auf dem Weg. Ich griff erneut zum Funkgerät: „Andreas bitte melde dich, Andreas gib mir deine Position durch, damit ich dir helfen kann. Andreas melde dich. Ende."

Nichts, auf der anderen Seite blieb es stumm. Ich sah auf meine Uhr, noch zwei Stunden, es war noch zwei Stunden hell. Verdammte Scheiße ich hatte keine Lust, die Nacht auf dieser Insel zu verbringen. Was sollte ich tun, weitersuchen, vielleicht gelang es mir, Andreas doch noch aufzuspüren. Wenn ich ihn dann nicht gefunden hatte, würde ich zurückfahren und die Polizei informieren. Ich drehte mich um und erschrak. Die Puppe die Kohlkopfpuppe war jetzt wesentlich näher gekommen. Du verlierst langsam deinen Verstand, sagte eine Stimme in meinem Innerem. Ich verpasste der Puppe einen harten Tritt, sodass sie mit dem Kopf voran gegen einen

Baum prallte, wo sie liegen blieb. Das darfst du niemals jemanden erzählen, auch nicht deinen Verwandten, dachte ich. Wenn ich das jemandem erzählte, dass wir auf einer Forschungsreise von Puppen angegriffen worden sind, wird man dich garantiert in die geschlossene Psychiatrie einweisen. Wer würde uns diese Geschichte schon abkaufen? Ich konnte es selbst kaum glauben, obwohl ich es mit eigenen Augen sah. Ich musste fort von hier, ich musste Hilfe holen. Ich rannte, so schnell mich meine Füße trugen Richtung Süden. Dort hatten wir mit unserem Boot angelegt. Wenn es mir gelang, das Boot zu erreichen, war ich gerettet. Aber konnte ich auch Andreas retten? Ich musste die Küstenwache und die hiesige Polizei verständigen. Sollte mit mir geschehen, was wolle. Hier ging es um Menschenleben. Ich rannte, ich rannte so schnell, mich meine Beine trugen. Mein Atem rasselte, das Herz in meiner Brust schlug so schnell, dass ich befürchtete, jede Sekunde einen Herzanfall zu erleiden. Ich wagte nicht, mich umzusehen. Ich stolperte über eine Baumwurzel und fiel zu Boden. Ich schrie. Ich fiel auf etwas Weiches, konnte aber im ersten Moment nicht sagen, um was oder wen es sich handelte. Als ich jedoch näher hinsah, schien mein Herz für eine Sekunde auszusetzen. Es war Andreas, seine Augen fehlten, in seiner Kehle klaffte ein blutiges Loch. Irgendwer hatte ihm den Adamsapfel herausgerissen, ich sprang auf, stolperte einige Schritte rückwärts und blieb dann wie erstarrt stehen. Das konnte doch nicht wahr sein, geschah das alles wirklich oder war ich in einem Alptraum gefangen? Ich verpasste mir selbst eine Ohrfeige. Ja ich war hier auf er Puppeninsel, das alles geschah wirklich.

„Was haben wir Ihnen getan, warum haben Sie meine Freunde umgebracht. Kommen Sie raus und zeigen Sie sich. Wir kämpfen Mann gegen Mann Sie verdammter Feigling ...", schrie ich. Ich sank auf die Knie, schlug die Hände vors Gesicht und weinte. Ich hatte meine besten Freunde verloren.

Das Forschungsteam verschwand spurlos, trotz einer groß angelegten Suchaktion wurden Bobby, Andreas, Claus und Jochen nie gefunden. Niemand weiß bis heute, wo sie geblieben sind.

Deine Augen

Ich kann mich noch gut an den Tag erinnern, an welchem ich an diesem Laden vorbeiging. Dort stand in großen Lettern auf dem Schild Schaufensterpuppen schnell, lebensecht und preiswert. Einige der Puppen standen im Schaufenster und ich hatte das Gefühl, als würden sie mich direkt ansehen. Ihre Augen, ihre Augen sahen so unglaublich echt aus. Das war interessant und handwerklich sehr gut gemacht aber auch unheimlich. Nie hatte ich Puppen gesehen, deren Augen mir so real erschienen waren. Eines Tages ich wollte eine Shoppingtour machen, da fand ich zufällig ein schönes Kostüm im Schaufenster des Ladens. Ich war etwas überrascht, normalerweise verkaufte der Besitzer des Ladens keine Kleidungsstücke, sondern lediglich die Puppe, die dann in anderen Geschäften zum Präsentieren der neuen Sommer- oder Winterkollektionen, von Bekleidungsgeschäften benötigt wurden. Die Puppe trug blaues Kostüm mit einem weißen Tuch mit blauen Punkten, dazu eine weiße

Strumpfhose und einen blauen Rock, welcher der Puppe bis über die Knie ging. Das wäre ein gutes Outfit für den kommenden Sommer oder Frühling. Ich betrat den Laden, ein älterer Herr um die 60 in einem feinen Anzug kam mir entgegen und fragte: „Guten Abend Fräulein, kann ich Ihnen behilflich sein."

„Sie ja, ich suche nach einem Kleid etwas Elegantes, für einen netten Abend zu zweit, wenn Sie verstehen."

Der Mann bat mich vor zu gehen. Was mir erst jetzt auffiel, war dass ich die einzige Kundin, in dem Laden war, auch schien der Herr keine Angestellten zu haben. Mich wunderte eh, dass der Herr in diesem Alter noch nicht in Rente gegangen war. Aber wahrscheinlich hatte er vergessen, fürs Alter vorzusorgen und die staatliche Rente, war nicht gerade sehr üppig.

Plötzlich erhielt ich einen Schlag auf den Hinterkopf. Für den Bruchteil einer Sekunde wurde mir schwarz vor Augen. Kurz darauf wurde mir ein Tuch auf Mund und Nase gedrückt. Ich nahm, den Geruch von Chloroform wahr, ehe mir die Sinne schwanden. Ich erwachte auf einer Liege was war geschehen? Wo war ich? Verschwommen nahm ich die Umrisse eines Raumes wahr. Wie war ich hierhergekommen? War das ein Traum, lag ich in meinem Bett und schlief? Ich versuchte, meine Arme zu bewegen, aber es gelang mir nicht. Es schien, als wenn irgendwas meine Hände fest umschlungen hielt. Wieso konnte ich mich nicht bewegen? Panik stieg in mir hoch. Wenn das ein Traum war, warum erwachte ich dann nicht? Was war in den letzten Stun den geschehen. Der Geruch von Chloroform machte sich in meiner Nase breit. Mein Kopf schien zu zerspringen, als wenn ich drei Nächte durch gefeiert hätte. Was hatte das alles zu bedeuten? Das Herz schlug mir bis zum Halse, ich versuchte meine Beine zu bewegen, aber auch dieser Versuch schlug fehl. Warum hatte ich keine Kontrolle über meinen Körper? Ich vernahm Schritte, waren das wirklich Schritte, oder bildete ich mir diese nur ein? Langsam begannen sich meine Sinne zu klären. Ja es waren Schritte, jemand kam. Vielleicht konnte derjenige mir helfen. Ich schrie aus Leibeskräften. Als sich die Tür öffnete, erkannte ich den Herren, aus dem Bekleidungsgeschäft. Er grinste mich mit einem fiesen Lächeln an und sagte: „Ist die Person endlich erwacht.", dann lachte er. Bei seinem Lachen gefror mir das Blut in den Adern. Was hatte das alles nur zu bedeuten? Ich versuchte, meinen Kopf zu drehen, um zu sehen, was der Mann machte, als er aus meinem Blickfeld verschwand. Ohne Erfolg. Ich hörte wie er einen Servicewagen oder sowas beiseite schob. Dann beugte der Mann sich über mich und grinste. In seiner rechten Hand hielt er einen Löffel. Das Herz schlug mir bis zum Halse, kalter Schweiß lief meinen Nacken herab. Der Mann riss mein rechtes Augenlid auf und kam mit einem Löffel immer näher an mein Auge heran. Ich schrie, als er mir den Löffel ins Auge stieß und darin herumpulte. Der Schmerz schien sich bis in meinen Schädel zu bohren, als er den Sehnerv durchtrennte.

„Ich will nur deine Augen.", sagte der Mann.

Mein Herz schien für einen Moment auszusetzen, als ich sah, wie mein rechtes Auge in eine Schüssel fiel. Dann machte er sich an meinem linken Auge zu schaffen.

Nachdem er mir die Augen genommen hatte, warf er mich einfach auf die Straße. Jetzt begleitet mich ein Blindenhund. Meine Anzeige bei der Polizei brachte nichts. Als die Polizisten bei die von mir angegebene Adresse besuchten, war der Laden leergeräumt.

Plötzlich höre ich hinter mir eine vertraute Stimme, die mir das Blut in den Adern gefrieren lässt. Der Mann sagt: „Schönen guten Abend Miss, kann ich Ihnen helfen?"

Die Metzgerei

Ich gehe schon seit über zehn Jahren in die Metzgerei an gegenüber von der Josefskirche. Ich kenne den Metzger Edgar persönlich und manchmal trinken wir auch in der Freizeit mal das ein oder andere Bier zusammen. Oder grillen gemeinsam, er besorgt dann immer das Fleisch, immerhin sitzt er ja auch direkt an der Quelle. Edgar trägt kurzes graues Haar und lebt allein. Ich habe auch nie gesehen, dass er in seiner Metzgerei irgendwelche Angestellten beschäftigt. Mich wundert es, wie er das alles allein schafft. Im Fenster der Metzgerei hängt ein Zettel. Eine Frau 21 Jahre jung wird seit ein paar Monaten vermisst. Mein Blick fällt auf den Zettel. Die Frau ist hübsch, langes blondes Haar ein paar kleine Grübchen, grüne Augen und ein paar Sommersprossen auf der Nase. Viele Menschen sind hier in den letzten

Monaten verschwunden, dies ist bereits die dritte Person innerhalb eines Jahres.

Ihre Leichen wurden jedoch nie gefunden, auch hatte die Polizei keine Hinweise auf eine Entführung. Warum verließen all diese Leute ihr gewohntes Umfeld so plötzlich? Vielleicht Burnout?,fragte ich mich. Oder sie hatten einen neuen Partner fürs Leben gefunden oder wollten fernab ihrer Heimat ein neues Leben anfangen. Aber warum suchte dann die Polizei nach ihnen? Ich verwarf den Gedanken, was ging mich das an? Ich betrat die Metzgerei.

„Guten Morgen was kann ich heute für dich tun altes Haus?", fragte mich Edgar.
„Zwei Rumpsteaks, fünfhundert Gramm Hackfleisch und drei Scheiben Bauch." , sagte ich.
Mit einem breiten Grinsen im Gesicht packte Edgar das Fleisch ein und reichte mir die Tüte.

„Bitte sehr lass es dir schmecken. Das macht 17,80 €" ‚sagte Edgar.

Ich gab ihm das Geld, nahm die Tüte mit dem Grillfleisch entgegen. Bedankte mich und verließ die Metzgerei. Die Polizei fuhr in letzter vermehrt Streife häufig und gab den Bewohnern über Martinshorn oder Pressekonferenzen zu verstehen, dass sie nach Einbruch der Dunkelheit in ihren Häusern bleiben sollten. Hoffentlich erwischten Sie dieses Schwein recht bald. Zuhause angekommen war, nahm ich eine Pfanne und briet mir ein ordentliches Stück Steak. Es war köstlich garniert mit Kräuterbutter, außen schön kross und innen blutig. War es richtig saftig. Was jedoch seltsam war, war die Tatsache, dass das Steak nicht nach Rind, sondern nach Schweinefleisch schmeckte. Ich hatte selten ein so gutes saftiges Steak gegessen. Ich nahm ein weiteres Stück Fleisch aus der Truhe und briet es in der

Pfanne. Zur Not würde ich morgen einfach noch einmal in die Metzgerei gehen.

Am Abend es war schon recht spät, verließ ich die Wohnung, um mir Zigaretten zu holen. Dabei kam ich zufällig auch an Edgar Metzgerei vorbei. Seltsam, dachte ich. Wieso brannte bei Edgar noch Licht? Waren das Einbrecher? Ich tastete meine Jackentasche ab. Scheiße, ich hatte mein Smartphone zuhause liegen gelassen. Vorsichtig spähte ich durchs Fenster, das Herz schlug mir Halse. Ich traute meine Augen nicht, das konnte doch nicht wahr sein. Ich schloss die Augen für einen Moment, kalter Schweiß lief meinen Nacken hinab. Hatte ich Halluzinationen? Doch als ich die Augen wieder öffnete, sah ich, dass ich mich nicht getäuscht hatte. An der Decke hing eine Frau mit langen blonden Haaren. Es war die Frau, die ich auf einem der Plakate gesehen. Eine der Frauen, die vermisst wurden. Ihre Hände steckten in dicken Eisenketten, die von der Decke herabhingen. Unter ihrem leblosen Körper befand sich eine große Lache Blut. Ich sah, wie Edgar mit einem Messer ganze Stücke Fleisch aus ihrem Körper herausschnitt und sie anschließend weiter zu mundgerechten Stücken verarbeitete. Wie versteinert starrte ich auf die Szene, die sich mir bot. Edgar sang, dabei wischte er sich seine Hände, zwischenzeitlich an der Schürze ab die er trug und die bereits ganz rot war.

Rot von Menschenblut, schoss es mir in den Kopf.

Dann sah ich, wie er den Kopf in meine Richtung drehte und mich ansah. Mit blutigen Grinsen, sein sonst sehr freundlichen Züge, diabolischen Lächeln verzogen. In seinen Augen schren nun die Züge eines Wahnsinnigen. Die Lippen zu einem Grinsen verzogen. In seinem Gesicht schien nichts als die blanke Mordlust zu liegen. Die Starre fiel von mir ab und ich rannte, so schnell mich meine Füße trugen nach Hause. Als ich die Straße zu meinem Haus überquerte, kam plötzlich ein schwarzer Mercedes um die Ecke geschossen und fuhr mich an. Ich flog über die Motorhaube und schlug mit dem Kopf hart den Asphalt auf. Warmes Blut floss mir aus der Kopfwunde. Ich sah, wie Edgar sich über mich beugte und mir einen weiteren Schlag mit einem Baseballschläger auf den Kopf versetzte, dann schwanden mir die Sinne.

Als ich wieder erwachte, hing mit Handschellen gefesselt unter der Decke eines weißen Raumes. Edgar kam mit einem diabolischen Grinsen auf mich zu und sagte: „Frisches Fleisch, weißt du, heute ist Gyros im Angebot."

Dann nahm er die Machete und begann zu schneiden. Warmes Blut tropfe auf die Fliesen.

Omi

„Sei schön artig, Oma wird auf dich aufpassen. Falls etwas ist Mutter, wir haben das Smartphone bei, die Nummer ist im Telefon gespeichert. Euch beiden einen schönen Abend.", sagte Brigitte Lohmann und verließ zusammen mit ihrem Mann das Haus. Elfriede Lohmann eine 82 Jahre alte Dame und Brigittes Mutter. Elfriede war bei ihrer Tochter zu Besuch, um auf ihre Enkeltochter aufzupassen. Elfriede saß mit Strickzeug in den Händen im Wohnzimmer und sah sich die Nachrichten an,

„Ja Mami, ich werde artig sein, versprochen." ,sagte Samanta und gab ihrer Mutter und ihrem Vater einen Abschiedskuss auf die Wange. Samanta ging die Küche und kochte Oma Elfriede einen Lindenblütentee, den trank sie immer so gern. Oma Elfriede konnte immer so schöne Geschichten erzählen. Von früher von dem, was Elfriede selbst als Kind erlebt hatte, damals als ich in deinem Alter warm so fingen meistens Oma Elfriedes Geschichten an. Dabei saß Samanta immer auf

Oma Elfriedes Schoß. Gab es etwas Schöneres, als den Geschichten seiner Oma zu lauschen? Samanta machte sich einen Kakao und eilte ins Wohnzimmer. Normalerweise durfte Samanta abends um sieben keinen Kakao mehr trinken, sondern höchstens Wasser oder Tee. Aber bei Oma Elfriede war das anders, ihre Oma hatte absolut nichts dagegen, solange sie sich vor dem Schlafen gehen gründlich die Zähne putzte und das tat Samanta jeden Abend. Sie hatte keine Lust, dass die beiden frechen Burschen Karies und Backtus in ihrem Mund einzogen, um sich dort eine Wohnung einzurichten. Oma Elfriede saß wie immer in ihrem Lieblingssessel. Sie hatte aufgehört zu stricken. Das Strickzeug war ihr aus den Händen gefallen und lag achtlos weggeworfen auf dem Teppichboden. Seltsam dachte Samanta, normalerweise achtete Oma Elfriede immer darauf, dass ihr Strickzeug nicht auf dem Boden herumlag. Die Wohnzimmertür knarzte leise, als Samanta sie aufschwang. Aber ihre Oma schien davon keine Notiz zu nehmen.

Ihre Augen waren geöffnet und blickte starr auf den Fernseher, auf dem gerade jemand etwas über die Präsidentschaftswahl in den USA verlauten ließ.

„Oma Elfriede dein Strickzeug ist dir entfallen."

Aber ihre Oma reagierte nicht.

„Oma Elfriede schläfst du?", fragte Samanta etwas lauter.

Ihre Oma gab keine Antwort.

Ihre alten runzligen Hände lagen regungslos auf ihren Knien, Oma Elfriede hatte sich in ihrem Sessel zurückgelehnt, ihre Augen lagen tief in den Höhlen. Die dicke Hornbrille war Oma Elfriede von der Nase gerutscht und lag in ihrem Schoß. Samanta beschlich ein seltsames Gefühl, als sie sich ihrer Großmutter näherte.

„Oma Elfriede." , sagte Samanta.

Aber ihre Großmutter saß weiter regungslos in ihrem Fernsehsessel, den Blick starr geradeaus gerichtet, als würde sie ihre Enkeltochter überhaupt nicht bemerken.

„Oma Elfriede ist alles in Ordnung mit dir?"; fragte Samanta mit brüchiger Stimme, während sich ihre Nackenhaare langsam aufrichteten. Ihr Herz schlug schneller. Was war mit ihrer Oma los? Samanta berührte Elfriedes Hände, sie waren ganz hart und kalt. Das konnte doch nicht sein? Ihre Brust hob und senkte sich nicht mehr. Hatte Oma vergessen zu atmen? Sowas vergaß man doch nicht.

„Oma Elfriede, Oma Elfriede, ich habe Hunger, aufwachen, bitte Oma Elfriede bitte wach auf."

Samantas Stimme zitterte, während sie mit den Tränen kämpfte.

„Ich werde Hilfe holen Oma Elfriede, ich werde Hilfe holen.", sagte Samanta.

Ihre Eltern hatten ihr vor einiger Zeit erklärt, welche Nummer sie bei einem Notfall anrufen musste. Samanta nahm das Telefon und wählte die 112.

Ein monotones Tuten erklang am anderen Ende des Hörers. Warum ging denn keiner bei

Feuerwehr ans Telefon? Da war doch normalerweise immer jemand zu erreichen.

„Feuerwehr Notruf was kann ich für Sie tun?"; fragte eine Männerstimme.

„Meine Oma Elfriede ist krank, ich brauche sofort einen Krankenwagen.", sagte Samanta, wobei sich ihre Stimme fast überschlug und sie erneut mit den Tränen kämpfte. Plötzlich legte sich eine eiskalte Hand in ihrem Nacken, Samanta ließ den Hörer fallen und sah sich um. Da stand ihre Oma, aber was war mit Oma Elfriede? Im ersten Moment fiel ihr ein Stein vom Herzen. Aber das war nicht die Oma Elfriede, die Samanta kannte, ein kalter Schauer lief Samanta über den Rücken. Ihre Beine fühlten sich an wie Wackelpudding. Samanta hielt den Atem an, ihr Herz schien für einige Sekunden auszusetzen, als das Oma Ding, einen gutturalen Laut ausstieß und ihre spinnenartigen Finger langsam in ihr linkes Auge bohrte. Samanta schrie, alles um ihr herum wurde schwarz. Omas Elfriedes Hände waren eiskalt, als sie Samantas Kehle umschlossen.

Als ihr die Luft ausging, wusste Samanta, das war nicht Oma Elfriede. Vor Samantas innerem Auge schossen Bilder aus vergangenen Tagen hoch. Bilder wie sie zusammen mit Oma Elfriede in den Zoo gegangen war. Bilder wie sie mit Oma Elfriede Ball- und Brettspiele gespielt hatte.

Als Brigitte und Hermann nach Hause kamen, fanden sie den leblosen Körper ihrer sechs Jahre alten Tochter auf dem Fußboden im Wohnzimmer. Von ihrer Großmutter fehlte jede Spur. Brigitte und Herrmann riefen die Polizei und einen Notarzt. Der Arzt konnte jedoch nur den Tod der kleinen Samanta feststellen. Samantas Großmutter wurde trotz einer groß angelegten Suchaktion nie gefunden.

Die Frauenarena

Samantha schlug die Augen auf. Ihr Kopf schmerzte und ein wabender Nebel schien sich in ihrem Schädel zu befinden. Wo war sie? Was hatte das zu bedeuten? Sie versuchte, sich aufzurichten, aber es gelang ihr nicht. Alles in ihrem Inneren drehte sich. Sie konnte keinen klaren Gedanken fassen. Von irgendwo her drangen Geräusche an ihr Ohr. Waren das Stimmen? Die Geräusche schienen meilenweit entfernt zu sein. Oder war das alles nur Einbildung? Sie fühlte sich ganz leicht, fast als würde sie schweben. War das ein Traum? Verschwommen nahm Samantha die Umrisse einer Wand wahr. Jedoch wurde sie keinen Cent darauf verwetten. Einige Sekunden später sank sie wieder in eine allumfassende Schwärze. Sie glaubte, sie fiel, fiel in ein schwarzes dunkles Loch. Kurz darauf schwanden ihr erneut die Sinne.

Samantha öffnete die Augen, ihr Kopf schmerzte, verschwommen nahm sie die Umrisse von Wänden wahr. Sie lag auf einer alten dreckigen Matratze. Samantha versuchte, sich aufzurichten, was von stechenden Kopfschmerzen begleitet wurde. Sie kniff die Augen zusammen und ließ sich auf die Matratze fallen. An ihren Armen schienen fünfzig Kilogramm schwere Gewichte zu hängen. Was hatte das zu bedeuten? Wo war sie? Was war passiert? Wie war sie hierhergekommen? Samantha schloss die Augen, worauf ihre Kopfschmerzen ein wenig nachließen. Samantha ließ einen Blick durch den Raum schweifen, sie sah graue Wände, eine weiße Decke und eine Leuchtstoffröhre, die das Zimmer nur spärlich mit Licht erhellte, die Birne in der Leuchtstoffröhre flackerte. Das Bett, auf welchen sie lag, war ein weißes Metallbett, welches an einigen Stellen bereits leichte Spuren von Rost aufwies. Gegenüber des Bettes befand sich eine Toilette ohne Deckel und ein Waschbecken aber kein Spiegel. Was war das für ein Ort? War das ein

Traum? Lag sie Zuhause in ihrem Bett und schlief? Samantha kniff sich in die rechte Wange, nein das war kein Traum. Das war Wirklichkeit. Langsam nahm der Nebel in ihrem Hirn ab und ihre Benommenheit ebbte ein wenig ab. Samatha setzte sich auf die Bettkante, was von einem Schwindelgefühl begleitet wurde. Sie rieb sich die Schläfe und der Schwindel ließ ein wenig nach. Als Samanta sich erhob, wurde ihr schwarz vor Augen. Mit einer Hand tastete sie nach dem Kopfende des Bettes. Das Metall fühlte sich ganz kalt an, sie fror. Samanta schloss die Augen, hätte sie sich nicht am Kopfende des Bettes festgehalten, wäre sie garantiert gestürzt. Von draußen hörte sie Schritte. Hörte sie wirklich Schritte, oder war das alles nur in ihrem Kopf? Samantha wollte schreien, aber sie brachte keinen Ton heraus, ihre Kehle war so trocken wie Schmirgelpapier. Die Zunge schien an ihrem Gaumen festzukleben. Als das Schwindelgefühl nachließ, stolperte sie auf die Tür zu. Sie griff nach der Klinke, und drückte sie nach unten. Sie rüttelte am Türgriff, aber die Tür öffnete sich nicht. Sie schlug mit beiden Fäusten gegen das Metall und krächzte: „Aufmachen, hey, macht die verdammte Tür auf."

War das ein Scherz? Ging gleich die Tür auf und jemand würde sie darauf aufmerksam machen, dass sie bei einer Sendung wie verstehen Sie Spaß oder der Comedyfalle gelandet sei? Falls ja war dieser Scherz alles andere als lustig. Samanta schrie sich die Seele aus dem Leib, aber niemand schien sie zu hören. Samantha sackte auf dem Boden zusammen. Sie befühlte ihre linke und rechte Hosentasche ihr Portemonnaie, ihr Schlüsselbund und ihr Smartphone waren verschwunden. Was hatte das zu bedeuten? Wer tat einer Frau so etwas an? Sie hatte keine Feinde. Was hatte man mit ihr vor? Wollte man ihren Mann erpressen, ein Lösegeld für sie fordern? Oder war sie in die Fänge eines Mädchenhändlers geraten? Männer die Frauen überfielen und sie zwangen, für sie auf den Strich zu gehen? Im Geiste sah sich bereits mit einem kurzen Rock und hochhackigen Stiefel auf dem Berliner Straßenstrich stehen, um es mit irgendwelchen widerlichen Kerlen zu machen. Samantha würgte, alles in ihrem Inneren zog sich zusammen? Sie hatte das Gefühl sich übergeben zu müssen. Niemals, niemals würde sie sich für Geld von notgeilen Drecksäcken flachlegen lassen. Was war mit ihrem Mann und ihrer Familie. Wie lange war sie überhaupt schon hier? Ihr Mann würde sie sicher suchen. Hatte er bereits die Polizei alarmiert? Aber würde man sie hier finden? Samantha kam die Cleveland-Entführung in den Sinn, damals verschwanden in einem Zeitraum von zwei Jahren mehrere Jugendliche spurlos, nachdem sie sich auf dem Weg zur Schule gemacht hatten, oder auf dem Heimweg von einer Verwandten gewesen waren. Tränen stiegen ihr in die Augen und liefen langsam ihre Wangen hinab. Samantha trat einige Schritte zurück, schloss die Augen und zählte langsam bis zehn, dann nahm sie Anlauf und warf sich mit ihrem ganzen Körpergewicht gegen die Tür. Doch die Tür gab nur wenige Millimeter nach. Sie nahm erneut Anlauf und warf sich mit ihrer linken Schulter dagegen. Es dröhnte, als sie gegen die Tür flog aber die Tür gab nicht nach. Ein stechender Schmerz breitete sich in Samanthas linker Schulter aus, doch sie ignorierte ihn und nahm abermals Anlauf. Sie musste hier raus, sie musste weg von hier und das so schnell wie möglich. Ein weiteres Mal nahm sie Anlauf, um sich gegen die Tür zu werfen, es krachte in ihren Ohren. Ihre linke Schulter pochte.

„Sparen Sie Ihre Kräfte", vernahm sie eine Stimme auf der anderen Seite.

Wer war das? Wurden noch weitere Frauen hier gefangen gehalten. Hatte sie doch richtig gelegen, sie war in die Hände von Menschenhändlern geraten.

„Hallo wer ist da? Wer sind Sie? Können Sie mich hier rausholen?", fragte Samantha, aber niemand antwortete.

„Hallo bitte antworten Sie, was hat das alles zu bedeuten?", doch auf anderen Seite blieb es still. Wer war diese Person, wenn sie doch auch hier gefangen gehalten wurde? Wieso antwortete sie ihr nicht? Oder hatte sie sich die Stimme nur eingebildet, war die Stimme nur in ihrem Kopf gewesen? Verlor sie langsam den Verstand?

Samantha vergrub ihr Gesicht in den Händen, sank auf den Boden und weinte, würde sie ihre Familie und Freunde je wiedersehen? Sie hatte Durst, Samantha erhob sich und ging zum Waschbecken. Sie warf sich eine Hand voll Wasser ins Gesicht und trank ein wenig. Das Wasser tat ihrem Körper gut, die Trockenheit in ihren Mund ließ nach, sie fühlte sich nicht mehr wie erschlagen. Anschließend trotte sie mit gesenktem Kopf zum Bett, legte sich auf die Matratze und starrte an die Decke. Wie lange war es jetzt her, seit sie in diesem Raum aufgewacht war? 30 Minuten, eine Stunde? Oder zwei? Samantha sah sich um und erblickte im Mauerwerk ein paar Kerben. Sie waren nicht sehr tief, aber jemand schien diese Kerben ganz bewusst in die Mauer geritzt zu haben. War bereits vor jemand hier gefangen gewesen? Samantha erhob sich von ihrem Bette und hob die Matratze an, ein Metallrost dabei erblickte sie unter dem Bett einen etwa faustgroßen Stein. Samantha holte den Stein unter ihrem Bett hervor und machte einen Strich. Auch sie würde eine Strichliste führen. Kurz darauf schlief sie ein. Samantha erwachte, als jemand eine Blechschüssel durch die Bodenklappe in der Tür schob.

„Hey aufmachen, hey Sie impotentes mieses Stück Scheiße, machen Sie die verdammte Tür auf." ‚schrie sie, aber niemand öffnete. Samantha nahm die Blechschüssel und warf sie gegen die Wand. Eine weiße breiige Masse lief langsam vom Mauerwerk hinab. Samantha vernahm Schritte oder waren die Schritte auch nur wieder in ihrem Kopf? Wie die Stimme? Sie schloss die Augen, sie musste ruhig bleiben und überlegen, wenn sie jetzt durchdrehte, würde sie nie hier rauskommen. Das waren Schritte ganz eindeutig, jemand kam. War das der Entführer oder eine andere Person, der

Hausmeister oder jemand, der zufällig hier entlang ging? Sollte sie um Hilfe rufen? Oder sich besser still verhalten? Wenn es ihr Peiniger war, konnte ihr das schlecht bekommen.

„Hey wer sind Sie? Helfen Sie mir, ich bin hier eingesperrt, helfen Sie mir, rufen Sie die Polizei", schrie Samantha.

Samantha vernahm das Klimpern eines Schlüsselbundes und wich einige Schritte zurück. Als sich die Tür öffnete, rannte sie direkt in Arme eines kräftigen Mannes der ihren Körper umfasste und sie anschließend zu Boden warf. Samantha stöhnte, als ein stechender Schmerz in ihr Steißbein schoss. Als sie sich wieder erhob, starrte sie in den Lauf eines Maschinengewehrs.

„Ganz ruhig ich will mich Ihnen kurz vorstellen, ich bin Sensai Cusack. Der Kerl neben mir ist Jack Slade. Du bist hier, um zu kämpfen."

„Was, das können Sie vergessen, wenn Sie mich hier nicht augenblicklich rauslassen, dann bekommen Sie so viele Schwierigkeiten, dagegen wird der Knast noch Ihr geringstes Problem sein.", sagte Samanta und funkelte die Männer mit hasserfüllten Augen an.

„Dein Name ist Samantha Woods, du bist 35 Jahre alt und arbeitest als Sekretärin, bei dem Unternehmen Save and Click, welches Sicherheitsschlösser herstellt und in die ganze Welt exportiert, du hast eine acht Jahre alte Tochter mit Namen Kelly. Kelly geht in die dritte Klasse. Vom Kindsvater bist du bereits seit fünf Jahren geschieden und alleinerziehend. In deiner Freizeit betreibst du Judo"

Samantha starrte den Mann mit weit aufgerissenen Augen an. Der Mann war verdammt gut informiert, woher wusste er das alles.

„Du wohnst in Vermont im Bundesstaat Maine. Deine Adresse ist Sim Hills RD 102, du wohnst mit deiner Tochter in einem kleinen weißen Haus mit roten Ziegeln, einer Veranda und einem großen Garten, der auf der Südseite liegt. Das Grundstück umfasst 100 Hektar. Im Garten stehen eine Schaukel und ein Sandkasten. Du fährst einen roten Pick-up. Einmal die Woche fährst du in den Supermarkt Shaws, um den Wocheneinkauf zu erledigen. Meistens bezahlst du bargeldlos mit deiner Bank- oder Kreditkarte wir haben das gecheckt. Du bist Kundin bei der Bank Bar Harbor. Deine beste Freundin heißt Sally Glenn, ihr trefft euch mindestens einmal die Woche, um gemeinsam etwas zu unternehmen, Kaffee trinken, shoppen oder ihr macht gemeinsam Sport. Dein Autokennzeichen lautet; MA 3776."

Samanta schluckte.

„Deine Mobilfunknummer ist die 011 270 458669. Ach so und die Mobilfunknummer deiner Tochter lautet 011 270 458552. Euer Mobilfunk-und Telefonanbieter ist T – Mobile."

Samanta zog eine Augenbraue hoch.

„Ich weiß nicht, woher Sie Ihre Informationen haben, aber da liegen Sie völlig falsch, das muss eine Verwechslung sein, Ihre Männer haben Mist gebaut. Lassen Sie mich gehen und ich verspreche Ihnen, dass ich zu niemanden ein Wort darüber verlieren werde."

Der Mann verfiel in schallendes Gelächter, dabei griff er in seine Jackentasche und zog ein Foto heraus.

„Dann ist das hier wohl nicht zufällig deine Tochter oder?", sagte der Mann und hielt Samantha ein Foto von einem acht Jahre alte Mädchen vor die Nase. Sie hatte das Spiel angefangen, es war ihre einzige Chance ohne Gewalt aus der Sache rauszukommen.

Samanta schluckte bemüht darum, die Fassung zu bewahren, sagte sie völlig ruhig:

„Das ist nicht meine Tochter, das muss eine Verwechslung sein"

„Na wenn das so ist, dann werde ich unserem Mann Bescheid geben, dass er die Kleine erschießen soll." , sagte Cusack und nahm sein Mobiltelefon aus der Hosentasche. Er tippte schnell eine Nummer ein. Samanta hörte, wie es läutete und sagte: „Halt stopp warten Sie bitte, Sie haben Recht mit allem. Ist gut, ich werde für Sie kämpfen, aber bitte tun Sie meiner Tochter nichts."

Cusack legte auf und lächelte, dann sagte er: „Gut, wenn das so ist, dein erster Kampf ist heute Abend um acht. Der Kampf wird per Livestream ins Darkweb übertragen. Diejenige, die ihr Leben verliert, hat verloren, verstanden? Ansonsten gibt es keine Regeln." Samantha nickte und schluckte, sie hatte keine Wahl.

„Am besten du bereitest dich schon mal mental darauf vor", sagte Cusack, dann verließ er zusammen mit seinen Komplizen den Raum. Samantha sackte auf den Boden zusammen und brach abermals in Tränen aus.

Wie ging es ihrer Tochter? War sie in Sicherheit? Vermissten ihr Mann und ihre Familie sie? Wurde bereits nach ihr gesucht? Wie weit war sie von zuhause entfernt? Vielleicht könnte sie einen Deal mit ihren Peinigern ausmachen. Verhandeln. Es war zumindest einen Versuch wert. Allein auf die Polizei würde sie sich nicht verlassen. Aber vorerst musste sie das Spiel dieser Drecksäcke mitspielen, zumindest so lange, bis ihnen ein Fehler unterlief, den sie zur Flucht nutzen konnte. Sie würde versuchen, ihre Gegnerin kampfunfähig zu machen, aber bei einem war sie sich sicher, sie würde ihre Kontrahentin nicht umbringen. Das konnte sie nicht, sie konnte nicht einfach jemanden ins Jenseits befördern, erst recht nicht, wenn dieser jemand ihr nichts getan hatte.

Samantha wusste nicht, wie spät es war. Aber sie musste Ruhe bewahren und die Augen offen halten. Die Minuten vergingen so langsam, dass es schmerzte. Kurz darauf schlief sie ein. Samantha erwachte, als sich Schritte näherten. Ihr Magen knurrte, sie hätte den Brei nicht ausschlagen sollen, aber jetzt war es zu spät. Samantha ging ans Waschbecken und trank ein wenig. Eine Tür wurde geöffnet, sie hörte Stimmen auf dem Flur die riefen: „„;Nummer sieben bitte treten Sie vor!"

Kurz darauf öffnete man ihre Tür.

„Nummer zwölf bitte treten Sie vor!", vernahm sie eine Stimme. Samantha drehte sich zur Tür und blickte in einen Gewehrlauf. Samanta hob die Hände und ging langsam auf die Männer zu.

„Umdrehen Hände auf den Rücken, du weißt was passiert, wenn du unseren Anordnungen nicht Folge leistet?", sagte der Mann.

Samantha nickte. Natürlich wusste sie es. Sie tat, was die Männer von ihr verlangten. Sie erschauderte als sich das kalte Metall um ihre Handgelenke legte und es mit einem Klicken einrastete. Die Männer packte sie an Armen, dann führte man sie einen langen schmalen Gang entlang, der genauso schmucklos war, wie ihre Zelle. Graue Wände, grauer Betonboden, alles war grau in grau. Die Wände waren fleckig und besaßen schwarze Streifen, die wahrscheinlich von Schuhsohlen stammten. Wie viele Frauen waren bereits vorher hier gewesen? Was war mit den Frauen geschehen? Samantha sah einige Kameras an den Wänden. Einige Oberlichter tauchten den Gand in ein schwaches gleißendes Licht. Eine Motte summte gegen eines der Oberlichter immer und immer wieder. Hier drin, da war sie sicher, war sie nicht eine Sekunde unbeobachtet. Eines musste sie ihren Peinigern lassen, sie schienen die Sache vortrefflich organisiert zu haben. Samantha sah ein wenig Licht durch einen blauen Vorhang schimmern, war das die Arena? Ihre Beine schienen fünfzig Kilo zu wiegen. Sie ging wie auf Stelzen. Wie lang war der Gang? Er schien endlos zu sein und dies, obwohl es von ihrer Zelle bis in die Arena nur gerade mal zehn Meter waren, hatte Samantha den Eindruck, der Gang wäre mindestens einen Kilometer lang. Man führte sie einen auf einen Vorhang zu.

„Ladys und Gentleman, heute Abend haben wir eine ganz besondere Überraschung, hier kommt mit einem Gewicht von knapp 70 Kilo und dem schwarzen Gürtel in Judo aus Ohio Samantha Woods. "

„Ladys und Gentleman, hier ist unser Champion mit einem Gewicht von 68 Kilo und dem schwarzen Gürtel im Kickboxen Kelly June."

Der Boden war mit Sand gefüllt in Form eines Kreises. Einen Ringrichter gab es nicht. Samantha erblickte einige Kameras. Sie sah mehrere Schatten, anscheinend waren mindestens vier Posten auf den oberen Rängen positioniert. Sie war sich aber nicht sicher, ob es eventuell auch mehr waren. In wenigen Sekunden würde das Spektakel beginnen und sie würden hunderte oder tausende von abartigen und perversen Fantasien beflügeln, während die Kerle schnauften und sich dabei vielleicht sogar einen von der Palme wedelten. Bei dem Gedanken daran, auf was die Sache hinauslief, kam ihr die Galle hoch. Der Männer, die sie in die Arena geleitet hatten, befreiten sie von den Handschellen und verließen daraufhin die Manege, so schnell sie ihre Beine trugen. Samanta massierte ihre Handgelenke und fixierte ihre

Gegnerin. Sie war knapp 1,80 groß, trug lang blonde Haare und besaß stahlblaue Augen.

„Viel Glück Ladys, möge die Bessere gewinnen.", sagte eine Stimme aus einem Lautsprecher. Samantas Augen bohrten sich in die ihre Kontrahentin, während sie sich langsam im Kreis umherschlich und versuchte, jede Bewegung oder Aktion ihrer Gegnerin vorauszuahnen. Adrenalin schoss durch ihren Körper. Samanta hatte keine Wahl, es gab nur ihre Gegnerin oder sie oder ihre Tochter. Samantas Kontrahentin versuchte, ihr einen Tritt zu verpassen, doch Samanta wich diesem geschickt aus und verpasste ihrer Gegnerin daraufhin einen Beinfeger, der sie zu Boden brachte. Blitzschnell war Samanta über ihrer Gegnerin, noch bevor es ihr gelang, sich zu erheben, umrundete Samanta ihre Kontrahentin und nahm sie in einen Würgegriff. Mit aller Kraft drückte Samanta ihren Arm auf die Kehle ihrer Gegnerin, sie spürte, wie ihre Gegenwehr langsam schwächer wurde. Plötzlich schoss wie aus dem Nichts die rechte Faust ihrer Kontrahentin nach vorn und traf Samanta auf die Nase. Mehr vor Schreck als vor Schmerz löste Samanta ihren Griff, aber sie hörte deutlich, wie ihr Nasenrücken brach, dann sah sie wie Blut aus ihrer Nase floss. Samanta erhielt einen Tritt in den Bauch. Samanta krümmte sich vor Schmerzen und sank auf die Knie. Ein weiterer Tritt traf sie an der linken Schläfe, sodass ihr kurzzeitig schwarz vor Augen wurde. Samanta stolperte und schloss die Augen. Ein weiterer Schlag traf ihre Wange und die Oberlippe. Samanta wankte. Ihre Oberlippe platzte auf und der Geschmack von Blut füllte ihren Mund. Sie sah alles wie durch einen dichten Schleier aus Nebel. Ihr Gesicht war geschwollen, schemenhaft nahm sie eine Bewegung wahr. Mehr aus Reflex als auf Wissen hob sie ihren rechten Arm und so das es ihr gelang, den Schlag ihrer Kontrahentin abzuwehren. Ihre linke Faust schoss nach vorn und bohrte sich in die Magengrube ihrer Rivalin, die sich vor Schmerzen krümmte. Samanta verpasste ihrer Widersacherin einen Beinfeger, der sie zu Boden brachte. Anschließend gab sie ihr einen Tritt auf die Rippen. Samanta griff sich ihren Arm und blockierte ihn mit Hilfe ihrer Beine, wobei sie gleichzeitig die Arme um den Hals ihrer Kontrahentin legte und ihr die Luft zum Atmen nahm. Jedes Schwindelgefühl war wie weggeblasen. Ihre Gegnerin zappelte in Samantas Griff und versuchte, sich zu befreien, was ihr aber nicht gelang. Ihre Bewegungen wurden mit jeder verstrichenen Minute schwächer. Bis sie ganz aufhörten. Samanta löste ihren Griff, da erklang es aus den Lautsprechern: „Töte Sie."

Samanta schluckte und schüttelte den Kopf. Hatte sie ihre Peiniger gerade richtig verstanden?

„Worauf wartest du, töte Sie!"

Samanta schüttelte erneut den Kopf, das konnte sie nicht, sie konnte nicht einfach einen Menschen umbringen.

„Wenn das so ist, werde ich unsere Versicherungspolice in Anspruch nehmen, du weißt doch, wer das ist oder? Soll ich unseren Mann losschicken, um die Sache zu erledigen?",fragte die Stimme aus dem Lautsprecher.

Samanta schluchzte, Tränen liefen ihren Wangen hinab. Sie schüttelte den Kopf. Sie holte mit der rechten Hand zu einem Handkantenschlag aus. Ihre Hand zitterte. Sie schloss die Augen, dann schlug sie ihrer Gegnerin blitzschnell gegen den Hals. Als Samanta ihre Augen öffnete, sah Kelly sie mit ihren grünen Augen an. Warum hast du das getan? Mörderin, schienen sie ihr mitzuteilen. Samanta vergrub ihr Gesicht in den Händen und weinte. Der Stadionsprecher rief: „Ladys und Gentleman was für ein unglaublicher Kampf hiermit haben wir einen neuen Champion herzlichen Glückwunsch Samanta Woods."

Samanta schluckte, über dieses Lob konnte sie sich wirklich nicht freuen. Sie hatte eine Person, die sie nie gekannt hatte kaltblütig umgebracht. Wie sollte sie mit diesem Wissen weiterleben? Die Stimme des Stadionsprechers schien aus weiter Ferne an ihren Ohren zu dringen. Eine Träne rann ihre Wange hinab.

Samanta wischte sie mit Handrücken fort. Aber hatte sie eine Wahl gehabt? Wie sollte sie mit diesem Wissen ihrer Tochter je wieder unter die Augen treten? Wie sollte sie ihr erklären, dass sie es für sie getan hatte? Würde ihre Tochter das verstehen? Samanta sank auf die und vergrub das Gesicht hinter ihren Händen. Zwei Männer traten auf sie zu. Sie brauchten ihr keine Befehle mehr zu erteilen. Sie legte die Hände nach hinten und erschauderte, als sie das Klicken der Handschellen hörte. Ein blaues Auge und eine leicht geschwollen Lippe waren nur ein paar der Andenken, die sie von dem Kampf zurückbehalten hatte. Aber diese Blessuren würden mit der Zeit verschwinden. Mit gesenktem Kopf ließ sie sich aus der Arena führen.

„Das war ein guter Kampf, jetzt bist du unser neuer Champion, weißt du, wie viele Leute euren Kampf im Dark Web verfolgt haben? Bis zu 500 User waren dabei, um sich dieses Spektakel anzusehen. Hey Samanta du bist jetzt berühmt. Herzlichen Glückwunsch", sagte Jack.

Samanta blickte zu Boden, sie konnte diesen Schweine nicht ins Gesicht sehen. Am Liebsten hätte sie Jack ins Gesicht gekotzt und ihm die Augen ausgekratzt. Das war einfach nur widerlich, dachten diese Leute nicht daran, dass sie auch Angehörige hatten, die sich um sie sorgten und wahrscheinlich ganz krank vor Angst waren? Dachten sie nicht daran wie sich die Angehörigen und Freunde von Kelly June fühlen mussten und dass sie vielleicht nie erfuhren, was mit ihr geschehen war? Sie hatte vor nicht mal einer Minute eine unschuldige Person umgebracht und diese Wichser taten so, als wäre das nichts anderes, als ein Showkampf wie im Wrestling.

„Ich habe getan, was Sie von mir wollten, lassen Sie mich jetzt gehen?", fragte Samanta.

„Wer hat denn was von gehen gesagt, du musst deinen Titel als neuer Champion natürlich verteidigen. So läuft die Sache und du kannst deinen Titel nur verlieren, wenn du stirbst," sagte Jack und grinste.

Samanta schluckte, sie würde hier niemals rauskommen. Ihre Tochter, ihr Mann sie würde sie wahrscheinlich nie wieder sehen.

„Dein bisheriges Leben Samanta ist vorbei, das hier ist jetzt dein Leben. Akzeptiere es.", sagte Jack.

Samanta ballte die Hände zu Fäusten, sie zitterte vor Erregung.

„Dein nächster Kampf ist morgen Abend um acht, aber das wird ein Messerkampf. Ruhe dich aus.", sagte Jack.

Samanta schluckte, hatte sie ihn gerade richtig verstanden, sie sollte morgen Abend erneut eine unschuldige Person umbringen? Am Liebsten hätte sie losgeheult, während sie die Hände auf den Rücken legte und sich die Handschellen anlegen ließ.

In der Nacht hatte Samanta einen seltsamen Traum, sie träumte, sie stände mit Kelly June in der Arena die Plätze waren gefüllt mir notgeilen fetten Kerlen in dreckigem Unterhemden, die grölten und pfiffen. Sie alle waren gekommen, um zu sehen wie sie sich gegenseitig das Leben aushauchten. Aber etwas stimmte nicht, Kelly Augen, Kellys Augen waren nicht grün, sondern sie leuchteten weiß. Dabei wirkten sie leer und ausdruckslos. Die Menge grölte, während Kelly langsam auf sie zukam. Was waren das für roten Stellen auf ihrer Hand und in ihrem Gesicht. Mein Gott waren das Totenflecken? Kelly grinste, wo waren Zähne geblieben. Samanta sah nichts auf schwarzes verfaultes Zahnfleisch und einige wenig übriggebliebene Zahnstummel, die so spitz wie Nadeln waren. Samanta sah sich um, der Eingang zur Arena war verschlossen. An dessen äußeren Rand stand Jack und sah sie mit leeren ausdruckslosen Augen an. In seinem Gesicht wucherten schwarze Geschwüre. Geschwüre von der Größe eines Tennisballs. Die Geschwüre pochten, bis eines der Abszesse aufplatzte, und ein Gemisch aus Eiter und Blut langsam sein Gesicht hinunterlief. Samanta drehte sich um, sie spürte den Drang, sich übergeben zu müssen, doch es gelang ihr letzter Sekunde, diesen Impuls zu unterdrücken. Samanta wich einen Schritt zurück, sie wollte fliehen, aber wohin? Das Kelly Wesen stieß einen unartikulierbaren Laut aus, der Samanta durch Mark und Bein fuhr. Das Ding kam langsam auf sie zu. Angriff, angriff ist die beste Verteidigung, fuhr es Samanta in den Kopf. Samanta stürmte auf das Kelly Wesen und verpasste ihm einen Beinfeger. Doch das Wesen blieb vollkommen unberührt davon stehen. Samanta kam es vor, als hätte sie mit ihrem Fuß gegen eine Backsteinmauer getreten. Ihr Fuß verfärbte sich blau - violett, und das, obwohl sie keine Schmerzen fühlte. Die Hand des Kelly Wesen schoss wie aus dem Nichts vor und verpasste Samanta einen Schlag gegen den Hals. Samanta sank auf die Knie und rang nach Luft. Blut floss aus ihrem Mund, dann erhielt sie einen Tritt gegen die Schläfe, sodass ihr schwarz vor Augen wurde.

Samanta schreckte schreiend von ihrer Matratze hoch. Die Matratze war schweißgebadet. Ihr Puls raste, wo war sie, was das alles nur ein Traum? Ihr Atem flatterte. Verdammte Scheiße, dachte sie, diese verdammten Schweine hatten sie in der Hand. Sie konnte unmöglich noch eine unschuldige Person umbringen, aber was sollte sie tun, hatte sie eine Wahl?

Samanta wurde durch den ihr bekannten Gang geführt. Sie schluckte, wie sollte sie ihrer Tochter und ihrem Mann je wieder unter die Augen treten? Wo blieb die Polizei, warum hatte man sie noch nicht gefunden?

Ich muss selbst etwas unternehmen. Aber wie sie sollte an die Waffen der Leute kommen?, schoss es Samanta in den Kopf. Im Moment jedoch hatte sie keine Chance. Sie musste auf den passenden Augenblick warten und die Augen offen halten. Früher oder später wurden sie garantiert unvorsichtig, dann würde sie ihnen alles heimzahlen.

„Ladys und Gentleman ... , begann der Stadionsprecher. Heute Abend haben wir einen ganz besonderen Kampf für euch. Unsere Herausforderin Viktoria Presley.", sagte der Stadionsprecher. Eine Frau mit kurzen schwarzen Haaren wurde in den Gang geführt. Ihre Hände hielt sie hinter dem Rücken verschränkt. Samanta schluckte, die Augen der Frau waren eiskalt und absolut ausdruckslos. Samanta versuchte, in ihrem Gesicht zu lesen, aber sie fand nichts, keinerlei Emotionen waren in ihrem Gesicht abzulesen.

„Heute wird es einen Messerkampf geben und deswegen Ladys werdet ihr oben ohne kämpfen.", sagte der Stadionsprecher. Samanta nzog ihre Bluse und ihr Topp aus und ließ sie zu Boden fallen.

„Den BH auch, denk an unsere Versicherungspolice.", sagte der Stadionsprecher.

Samanta tat, wie ihr befohlen wurde.

„Da auf den Boden liegen die Messer, nehmt sie und dann möge die Bessere von euch gewinnen.", fuhr der Stadionsprecher

fort. Samanta machte eine Rolle vorwärts. Ergriff in der Bewegung das Messer und erhob
sich. Ihre Kontrahentin tat es ihr gleich. Wie
zwei Raubkatzen umschlichen sich die beiden
Frauen. Samantas Augen bohrten sich in die
ihrer Gegnerin. Die Luft war so dick, dass man
sie mit dem Messer hätte zerschneiden können. Samanta machte einen Schritt nach rechts,
ihre Gegnerin machte es ihr gleich. Jeder der
beiden Frauen versuchte, seine Gegnerin abzu-
schätzen, um auf den passenden Moment für
einen Angriff zu warten. Samanta machte einen Schritt nach vorne, ihre Gegnerin wich einen Schritt zurück. Samanta war ganz ruhig,
sie versuchte, jede Bewegung ihrer Gegnerin
vorauszuahnen. *Fast wie in einem Wildwestfilm*, dachte Samanta, nur eben nicht mit Re-
volvern, sondern mit Messern. Ihre Kontrahentin machte einen Satz nach vorne und versuchte Samanta mit dem Messer zu erwischen,
doch Samanta wich dem Angriff geschickt aus.
Samanta machte einen Satz nach vorne, dann
verpasste sie ihrer Kontrahentin einen Tritt in

den Bauch. Ihre Gegnerin krümmte sich vor Schmerzen. Samanta ergriff den Arm und verdrehte ihr Handgelenk, sodass ihrer Gegnerin das Messer fallen ließ. Samanta drehte sich anschließend um 180 Grad und warf ihre Kontrahentin über die linke Schulter zu Boden. Die Faust ihrer Gegnerin schoss nach vorn und traf Samantas Nase. Samanta schloss die Augen, als sie hörte, wie ihr Nasenbein brach. Sie nahm die Hände von ihrer Gegnerin und griff sich an die Nase, Blut schoss aus den Nasenlöchern hervor und besprenkelte ihre Gegnerin. Ein weiterer Faustschlag traf ihre linke Schläfe. Plötzlich spürte sie einen stechenden Schmerz in ihrem linken Oberschenkel. Samanta sah, wie roter Lebenssaft aus der Wunde floss, an welcher das Messer sie getroffen hatte. Samanta wich zurück, sie humpelte leicht, während ihre Gegnerin wieder auf die Beine kam. Samantas Gegnerin holte erneut mit dem Messer aus, Samanta hob instinktiv den Arm. Blut schoss aus ihrem linken Arm hervor, als sich die Messerklinge durch ihren Unterarm fraß. Samanta holte erneut mit dem Messer aus. Die Klinge fraß sich tief in die Bauchdecke ihrer Gegnerin. Blut schoss aus der Bauchwunde, während ein Teil des Blinddarms ihrer Kontrahentin sichtbar wurde. Ihre Gegnerin wurde kreidebleich, sie sah aus, wie eine lebende Tote. Samantas Opfer presste eine Hand auf die Wunde, roter Lebenssaft sickerte zwischen ihren Fingern hervor und tränkte den Boden der Arena. Sie wankte leicht, ihre Augen waren Blut unterlaufen. Eine Sekunde lang hatte Samanta das Gefühl sich übergeben zu müssen. Wie konnte diese Frau nach so einer Verletzung noch aufrecht stehen?

„Ich kriege dich, wenn ich sterbe dann nicht allein.", sagte Samantas Gegnerin. Samanta hatte Mühe, die Worte zu verstehen. Samanta erhielt Tritt in den Magen, dann fuhr die Klinge ihre Kontrahentin durch die Luft und arbeite sich durch Samantas linke Brust. Samanta schrie, eher vor Entsetzen, als vor Schmerz. Ihre Gegnerin holte erneut zu einem Hieb aus und die Messerklinge bohrte sich in

Samanta linke Schulter. Samanta ließ, das Messer vor Schreck fallen. Trotz ihrer Verletzungen spürte Samanta keine Schmerzen. Als ihre Kontrahentin das Messer heraus zog, sickerte Blut aus der Wunde. Samanta versuchte, den Arm zu bewegen, und es gelang. Offensichtlich waren keine Nerven oder Sehnenstränge verletzt. Als die Frau erneut zu einem Stich ausholte, wich Samanta dieser Attacke aus, machte eine Rolle nach vorn und verpasste der Frau einen Schlag in den Magen. Als ihre Gegnerin auf sie herabblickte, traf sie Samantas Handkantenschlag direkt an der Halsschlagader. Ein weiterer Schlag unter die Nase zertrümmerte das Nasenbein. Dann verpasse Samanta ihrer Kontrahentin einen seitlichen Tritt direkt gegen die Leber. Ihre Kontrahentin schnappte nach Luft und starrte sie eine Sekunde lang völlig entgeistert an, ehe sie zusammenbrach.

„Töte Sie!", erschallte eine Stimme aus den Lautsprechern.

Samanta schluckte, alles in ihrem Innerem zog sich zusammen. Sie kniete sich neben ihre Kontrahentin nieder und holte zu einem Handkantenschlag aus. Ihr Arm zitterte, Tränen standen ihr in den Augen. Sie sah noch einmal nach oben und schluckte. Sie hielt den Atem an, ihr Herz schien für einige Sekunden auszusetzen. Samanta schloss die Augen, dann ließ sie ihre Hand auf den Hals ihrer Kontrahentin niedersausen. Der Oberkörper der Frau bäumte sich noch einmal auf, dann fiel der Kopf auf die rechte Seite. Sie war tot. Samanta vergrub das Gesicht zwischen ihren Händen und weinte. Als die Wachen langsam auf sie zukamen, stieg eine Wut in Samanta auf. In einer fließenden Bewegung entriss sie dem einem Mann seine Pistole, während sie seinem Kollegen einen Tritt in den Bauch verpasste. Ein Schuss krachte. Ein Wachposten stürzte zu Boden. Samanta drehte sich um 180 Grad ein weiterer Schuss. Die Kugel durchschlug das Gesicht des Wachpostens, und trat auf anderen Seite seines Schädels wieder hinaus. Blut spritzte ihr ins Gesicht. Hinter ihr fielen Schüsse. Zwei Kugeln flogen an ihrem Kopf vorbei. Heut sollte sie zahlen. Samanta wirbelte herum. Sie sah den Posten oben auf der Plattform stehen und gab einen Schuss ab. Der Kampfanzug des Mannes verfärbte sich an der Brust dunkelrot. Eine Kugel flog an ihrem Kopf vorbei. Samanta wirbelte erneut herum, das Mündungsfeuer aus ihrer Pistole blitzte auf und zwei weitere Männer sanken zu Boden. Samantas Ohren klingelten, ein unangenehmer Druck breitete sich in ihrem Gehörgang aus. Samanta ging zu einem der am Boden liegenden Posten und nahm ihm seinen Schlüssel ab, dann trat sie durch den Gang in den Flur. Wo war der Ausgang? Samanta rannte nach rechts und probierte jede einzelne Tür aus, doch keine der Türen führte nach draußen. Erst als sie am Ende des Ganges angekommen war, passte einer der Schlüssel. Die Sonne schien, aber es war frisch. Samanta nahm einen tiefen Atemzug und sog die Luft ein, sie hatte es geschafft. Vor dem Gebäude stand ein alter Pick-up. Er war nicht abgeschlossen. Samanta stieg ein, die Schlüssel stecken. Sie drehte den Schlüssel herum und fuhr Richtung Westen.

Zwei Tage brauchte Samanta um wieder nach Hause zu kommen. Ihr Mann und ihre Tochter atmeten erleichtert auf, als Samanta plötzlich vor der Tür stand.

Anhang:

Das Geisterschiff: Wer kennt nicht, die vielen Geschichten und Legenden vom Bermuda Dreieck, in welchem eine Vielzahl von Schiffen und Flugzeugen unter teilweise mysteriösen Umständen verschwunden sind. Auch wenn das Bermuda Dreieck seine Mystik und seinen Schrecken verloren hat, sind Berichte aus vergangenen Zeiten über das Bermuda Dreieck immer noch interessant zu lesen. Ich habe mir einfach die Frage gestellt, was wäre, wenn so ein Schiff plötzlich wieder auftauch. Wäre das nicht mehr als verstörend?

Das besondere Abendessen: Diese Kurzgeschichte wurde durch einen anderen Hobbyautoren inspiriert. Ich fand die Idee ziemlich interessant und habe aus dieser Idee mein eigenes makaberes Abendessen gekocht, ich hoffe, es hat Ihnen geschmeckt.

Der Aokigahara Wald: Der Aokigahara - Wald existiert in Japan tatsächlich und jedes Jahr bringen sich Dutzende, wenn nicht gar hunderte Japaner in diesem Wald um. Die Geschichte wurde inspiriert durch einen Schreibwettbewerb. Leider wurde der Wettbewerb aufgrund massiven Gegenwindes einiger User eingestellt.

Schlafwandler: Die Idee im Schlaf einem anderen ausgeliefert zu sein, ist schon beängstigend. Jetzt stellen Sie sich vor, eine Person schlafwandelt und bekommt im Schlaf nicht mit, wie sie jemanden ermordet. Ist diese Vorstellung nicht erschreckend?

Die Puppeninsel: diese Geschichte wurde durch einen Bericht im Internet inspiriert. In Mexiko existiert in der Tat die sogenannte Puppeninsel. Die Puppen sehen aus, wie aus einem Horrorfilm und ist eine wahre Touristenattraktion. Teilweise bringen die Besucher der Puppeninsel sogar selbst Puppen mit, die sie in die Bäume hängen. Interessant ist, dass es zur Puppeninsel eine düstere Legende gibt, die man schnell im Netz nachverfolgen kann. So entstand die Geschichte zur Puppeninsel.

Weitere Werke des Autors:

Der Rattenripper

Das Buch: In der Kanalisation wird eine Frauenleiche gefunden. Die Frau wurde von Ratten geradezu aufgefressen. Die Beamten Herr Baumann und Frau Mey stehen vor einem Rätsel. Wie ist sowas möglich? Der Täter hält seine Morde auf Video fest und lässt sie anonym den Beamten zu kommen. Je mehr die Beamten herausfinden, desto größer wird das Interesse des Täters an Frau Mey.

Hardcover ISBN 978-3752672886
Taschenbuch: ISBN 978-1549774072
Ebook: ISBN : 978-3739429557

Lebendig verzehrt

Das Buch: Marie, Andrea und Silk machen einen Campingausflug im Wald. Als Marie die Bekanntschaft des sympathischen Robert macht. Sie ahnen nicht, dass Robert die Frauen nur ins Visier nimmt, weil er sie zusammen mit seiner Schwester zum Fressen gern hat.

Ebook ISBN: 978-3-7541-9539-0

Schatten auf den Wegen des Lebens

Das Buch: Sally ist schwer krank, ihr Mann steht ihr während dieser Zeit bei, doch bald wird er feststellen, dass es noch viel schlimmer um sie steht, als er gedacht hat.

Paul und Daniel gehen nachts auf den Friedhof, um eine Mutprobe zu absolvieren. Dabei erwecken sie etwas, was besser nie in unsere Welt hätte gelangen dürfen.

Ein Mann verbringt ein paar vergnügliche Stunden mit einer Frau und hat für sie eine besondere Überraschung parat.

Hanna soll aus dem Gefängnis entlassen werden. Am Tag vor ihrer Entlassung fasst sie einen folgenschweren Entschluss.

Karin erhält von einem Unbekannten Briefe mit makaberen Inhalten, schon bald muss sie feststellen, dass es sich um mehr als einen bösen Scherz handelt.

Als Andrea mit ihrem Vater allein ist, erwarten sie die schlimmsten Stunden ihres Lebens.

Karin wird von einem Unbekannten entführt und muss um ihr Leben bangen.

Ein Mann wird von einem Geist heimgesucht, der ihm eine überraschende Botschaft überbringt. Vier Frauen werden von einigen Männern entführt die sich einen Spaß daraus machen sie wie Wild zu jagen.

Nach außen hin, lebt Carl ein normales etwas spießbürgerliches Leben, doch niemand ahnt, was mit ihm geschieht, wenn es Nacht wird.

ISBN Ebook: 978-3-7541-9564-2

ISBN Taschenbuch: 978-152072608

Kleine Seele du sollst gehorchen

Das Buch: Anna verliert bei einem Autounfall beide Eltern und wird in einem Heim untergebracht. Schnell merkt Anna, dass die Kinder alle still und leise sind. Sie scheinen total eingeschüchtert zu sein. Es dauert nicht lange, bis sie selbst das grausame Regime der Nonnen kennen lernt und feststellt, dass sie wie Sklaven gehalten werden. Ohne Rücksicht auf ihre körperliche oder seelische Gesundheit werden sie von den Nonnen als Versuchskaninchen für die Pharmaindustrie missbraucht. Bei jedem noch so kleinen Vergehen drohen drastische Strafen. Eines Tages fasst Anna einen folgenschweren Entschluss.

ISBN Ebook: 978-3-739448961

Taschenbuch: 978-3748183754

Illusionen der Macht

Das Buch: Als Chain nach einer langen Reise in sein Heimatland zurückkehrt, muss er feststellen, dass alle Einwohner Cantanas entweder tot oder durch feindliche Truppen verschleppt worden sind. Durch einen Brief seines Vaters erfährt er, dass hinter dem Angriff Elvarrons gefallene Tochter Alexa steckt. Sein Vater trägt ihm auf einen Magier mit dem Namen Kaemrock zu finden, der Alexa vor vielen Jahren mit Hilfe von fünf magischen Ringen besiegt hat. Und so begibt sich Chain auf eine lange und gefährliche Reise, in der eine mysteriöse Glaskugel eine verhängnisvolle Rolle spielt.

ISBN Ebook: 978-3739449425

ISBN Taschenbuch: 978-1521104767

Rache

Das Buch: Arnold Habicht und seine Frau wollen nach dem Verlust ihres Sohnes in Marienheim einer fiktiven Küstenstadt in der Nähe von Cuxhaven neu anfangen. Doch die Bewohner der Stadt sind zurückhaltend und sehr schweigsam, besonders wenn sich eine Vollmondnacht anbahnt, scheinen die Bürger von panischer Angst befallen zu sein. Arnold beobachtet, wie sich die Bewohner bei jeder Vollmondnacht zu einer seltsamen Zeremonie zusammenfinden. Einen Tag danach findet Arnold blutige Kleidungsstücke am Strand. Was hat das zu bedeuten? Bei seinen Nachforschungen findet er Hinweise auf ein unfassbares Verbrechen und schon bald befinden seine Frau und er selbst sich in tödlicher Gefahr.

ISBN Ebook: 978-3739472140

ISBN Taschenbuch: 978-1728849553

© 2023 Stefan Lamboury
Herstellung und Verlag: BoD – Books on
Demand, Norderstedt
ISBN: 9783744886796